槌哥

陳長慶——著

平凡人的善良邏輯

——讀陳長慶的小說《槌哥》有感

顏炳洳

首先申明，這不是一篇文學評論。因為我認為「有資格」對陳長慶的系列創作做出解讀或評論的人也許還未誕生。寫這篇感想的目的，只是希望對今後研究陳長慶作品的朋友提供一個視角、讓他們多一個註腳、為他們撕開一點縫隙，從而一窺作者根植並深埋在家鄉土地裏的孤獨的創作靈魂。

大概十年前，一種叫嚴重急性呼吸綜合症(Severe Acute Respiratory Syndromes, SARS)，俗稱SARS（大陸叫非典）的疾病在全世界迅速蔓延。當時很多地方、很多無辜善良的人都倒在SARS面前。人之間的距離感覺突然被拉遠了，儘管近在咫尺，也多被口罩隔著，捂著的口鼻之上，露出的是驚疑憂慮的眼神；但是，在災難面前，人們彼此的心靈距離似乎也靠得更近了；在也許沒有明天、沒有未來的威脅前，親情、友情、愛情，甚至那些快被世俗遺忘的低廉的美德又被一一喚醒。

那一年我帶著妻和子，刻意從西安搭機到福州鼓山、湧泉寺轉了轉，然後搭車南下到泉州清源山、開元寺等繞了繞，之後，繼續往南到廈門鼓浪嶼、南普陀寺看了看。最後回到了家鄉金門。每次聞到金廈水域海的味道，都有一種平安靠泊、如釋重負的恬然；但很難追溯是何時開始嗅覺在接收了海的鹹味、臉頰在被黏膩的海風吹拂之後，內心竟會滋生出這種如晤卿卿的感覺？

回到金門不久，參加了古崗導演董振良的「戰地影像發表會」在山外「長春書店」的簽售會，在那兒我初次感受到了陳長慶大哥的熱情——半買半送、有呷擱有掠。後來陸續幾次或單獨或與好友榮昌一起到書店找他聊天。他總是停下正在忙活的創作、熱情地倒茶招呼，陪我們品評時政、月旦人物。末了，他常會從書架上挑揀幾本書籍或他的作品相贈。

家父中風在山外醫院治療之際，他在百忙中前來探望，更帶來了幾本書讓我在病榻前可以消磨時光。書看完，幾次萌生想要寫點心得，但後來轉念想，自己不該在對他的作品還缺乏全盤了解之際就輕言妄語。尤其，在偶然讀了他被收錄在《金門新詩選集》中用家鄉話所寫的《咱的故鄉咱的詩》等幾首新詩之後，那種忍不住為之擊節嘆賞、暢快淋漓之感源源而出。對於為他作品寫點心得的想法自然得更加慎之又慎了。

說來慚愧，如今，對於陳長慶大哥的作品，我認真讀過的還是少數。妄加品評不免心虛。正躊躇之際，他的另一作品《槌哥》又登場連載了。我很喜歡讀小說，但不愛看連載，因為少了暢快連貫的感覺，像開車時不斷地遭遇堵車、不斷地碰到紅綠燈。《槌哥》一連載完畢，我翻舊賬似地一口氣從六月十三日的首篇，讀到九月十六日的結尾，一共九十六天的連載。我覺得自己無論如何也得為這一篇大約七萬五千餘字的小說《槌哥》寫點感想，讓陳長慶大哥知道我對他一直堅守在文學創作道路上的敬重——不因為他是金門文化燈塔（長春書店）的守護者、不因為他是我們的「陳大哥」、不因為曾經喝過他泡的茶、受過他情真意摯的贈書；只因為共同站立的腳底下這一方生養我們的土地。

「為土地而生而死，為土地而思而想，為土地而書而寫。」可以說就是他創作的核心主軸。他對於鄉土傳統價值的堅執，從他在小說《了尾仔囝》出版之前所寫的《與時光競走》一文中可以窺見，他說：「從出生到現在，無論爾時求學或輟學在家務農，還是之後在太武山谷謀生，抑或是現今蟄居於新市里，歷經六十餘年平淡無奇的人生歲月，我鮮少離開這座島嶼，故而文學創作的領域，幾乎都圍繞著這塊歷經戰火蹂躪過的土地。」

鮮少離開金門島的陳長慶，他的創作體量至今在金門籍作家中應該無出其右；他在小說對話中運用鄉俗俚語的嫻熟老練，也應該少有可以與之並駕齊驅者。幾年前，我曾經讀過另一位鄉賢前輩作家洪乾佑的小說《紅樹梅》。洪老可以說是研究金門母語的專家，但是，也許是離開金門的時間太久，也或許是他更習慣用「文言音」的母語。因之，表現在小說中的自敘或人物對話，或許較為古雅，但就無法像運用「白話音」那樣地鮮活立體，讀者之於書中人物，彷彿站在戲臺下看著聽著臺上的生旦淨丑角說唱著戲文，有種看客的距離感。

而陳長慶的小說，尤其是後期的幾部，雖然在自敘的部分還是傾向於使用普通漢語，但在人物對話部分已經完全采用原汁原味的母語呈現。這也是我認為《槌哥》可以列為使用母語書寫小說典範的主要緣故。《槌哥》是一個簡單的故事，也是一個寓意深長的故事。通篇蘊含著平凡人的善良邏輯與美好願望。小說開篇作者即交代了主要的情節線索與自己的價值取捨論斷。因此，小說沒有迂迴跌宕的情節，而是圍繞著作者或這塊土地上人民一直以來所堅信的善良邏輯不斷地鋪陳。

這個平凡人的善良邏輯藉著烏番嬸、春桃、阿秀，甚至由原先憨傻而後來在老天的眷顧下及春桃的調教下而變得世故老練的男主角槌哥等幾位主人公之口，不斷地吐露出來。這個邏輯的核心就是「人在做、天在看」、「天公疼憨人」、「傻人有傻福」，「孝順善良守信正直」、「自食其力」而「不忘本」的人最終必有厚福……。

小說從童年槌哥與幾個鄰居小孩一塊到魚塘遊泳而被捉弄開始，偷藏衣褲的惡作劇把戲，對很多在鄉下魚塘水壩戲耍遊泳過的男孩來說，應該是個普遍的經驗。在槌哥遭捉弄欺侮而光著屁股回家後，作為母親的烏番嬸的反應不是氣急敗壞地興師問罪，而是淡淡地說：「囡仔人的事志大人吞忍一下著煞煞去啦。若是逐項欲認真去計較，會傷到厝邊頭尾的感情。」這體現了平凡的烏番嬸息事寧人、溫厚隱忍的善良性格。

接著，小說交代了槌哥雖然憨傻，但是氣力大又秉性善良孝順，長年細心地扶持喂食父親，毫無怨言。從他結巴的口中說出：「俺娘，我是阮—阮—阮阿爸的囝，我𣍐使予—予伊腹肚枵。飼伊食糜是—是—是應該得啦，若無會—會—會予雷公損死。」雷公或老天爺讓傳統的孝親美德深植在憨傻的槌哥腦海裏，成了一種終生奉行的價值信仰。

烏番婾雖然擔心自己百年後憨傻兒子的生活，但也從未對槌哥放棄希望。這種母親的本能與善良願望也驅使著她與鄰居新喪夫的寡婦春桃從「互相試探」再到互有默契地「合謀」出一齣好戲。兩女人不急於求成的善良「私心」與「願望」，逐步地推進小說的情節。憨傻的槌哥當然得掉入這對未來婆媳合張的網。槌哥與寡婦春桃「湊陣做、湊陣食、湊陣睏」已經是遲早的事了，「傻人有傻福」的善良邏輯也在此時邁入了開始收穫的階段。

第一個收穫就是槌哥改掉了「重句」（口吃）的毛病。逐漸改掉口吃的毛病，憨傻氣慢慢不見了，進而日漸靈光起來。第二個收穫是賢妻春桃與乖女兒阿秀，讓他進入了為人夫、為人父的角色。第三個收穫是生了二個兒子，續了自己與春桃前夫阿生兩邊的香火（子嗣）。第四個收穫是保住了祖宗傳下來的土地。第五個收穫是博得了鄉裏的敬重與溫厚賢孝的好名聲。

相對於服膺善良邏輯的烏番嬸、槌哥、春桃、阿秀等，作者安排了唯二的兩個惡人，即槌哥「精光」（聰明的）同胞哥哥華章和他漂亮「北仔某」（外省籍妻子）的嫂子。小說為了凸顯槌哥的憨傻善良，不斷地以華章夫妻各種不可思議的忤逆不孝為對照。這也許是一種藝術手法的需要。作者未過多著墨華章何以會變壞的比較令人可以思議的理由，只說華章到了「現實」的臺灣讀書工作，然後娶了家世還不錯的外省妻子。但是，我還是很難想像在金門吃苦長大的純樸孩子，一旦到了臺灣花花社會，娶了個漂亮又有學問的外省妻子後，會變成像華章這種背祖忘宗、拋棄父母、爭奪家產、欺壓兄弟的大惡人。也許正如烏番嬸所感嘆的：「讀冊讀佇加脊骿」（讀書讀到後背去了）、「人佇變無地看啦！」（人在轉變是無從發現的）。當然，違背平凡人的善良邏輯的華章夫婦只是配角，最終也遭到公正的老天爺的懲罰——注定成為沒有子嗣、被人唾棄的孤單老人。

《槌哥》的母語書寫，是作者紮根於土地、熱愛這塊土地的徹底體現。純母語的對話所造成的閱讀隔閡也許會讓年輕一代的讀者不得其門而入。這樣的代價我相信陳長慶是早就深知的。明知其短而執意為之，只能說明他還擁有某種超越討巧於讀者的「使命感」。正是這樣的使命感，使得陳長慶不斷地藉用既存「近似音」、「近似義」漢字，演繹著渾濁樸厚的閩南鄉音。小說能夠用典型的金門話描寫，讓我們（嫻熟金門母語者）有一種親臨的現場感。

《槌哥》的對話，對於每一個對金門母語還懷抱感情的人來說，都是一次很好的學習機會。通篇都是很道地的家鄉話，很多用語甚至已經幾年、十幾年都很少再聽著了。讓我們彷彿聽見父母輩、甚至祖父母輩的話語。作者駕馭母語和藉用漢字的卓越能力讓人歎服。而這些出現在小說中的語詞，足足可以編成一本對照的參考工具書。這也是我認為陳長慶小說異於其他小說作品的價值所在。

隨意摘抄幾段《槌哥》中對話，讀者可以試著用金門母語讀一遍，再用普通話讀一遍，然後，閉起眼睛，用自己的耳朵聆聽感受一下兩者的區別；想像一下作者試圖呈現的畫面。

——「阿爸，喙—喙—喙展開，喙展較開得；我—我—我欲飼你食糜啦！」（阿爸，嘴—嘴—嘴張開，嘴張得開一點；我—我—我要喂你吃稀飯啦！）

——「阿德這個囡仔實在誠跳鬼，除了愛創治人，嘛誠歹死。阮阿仁捌予伊拍甲鼻血雙管流。」（阿德這小孩實在真頑皮，除了喜歡捉弄人，還凶得要命。我們阿仁曾經被他打得兩行鼻血直流。）

——「槌哥，你共阿生講，講你欲共我湊作穡，共我湊飼囝，咱欲湊陣食一世人，叫伊毋免煩惱，著保庇咱。」（槌哥，你跟阿生說，說你要幫我幹農活，幫我養小孩，我們要一輩子在一起，叫他不要煩惱，要保佑我們。）

——「按爾好啦，順你啦！毋拄你也著共我記得，毋通看俖小弟忠厚老實，你著欲軟塗深掘，逐項攏著予你揸甲贏，你才會夠氣、你才會歡喜。」（這樣好啦，就依你！不過你也要給我記住，不要看你的小弟忠厚老實，你就像碰著了鬆軟的土地就拼命深挖一樣，每一項都要讓你爭到贏，你才會滿足，你才會高興。）

從對話中，我們不難發現母語對於張揚小說的生命力所起的作用。陳長慶選用於呈現閩南語的代音字、代義字絕大多數十分精準的保留了母語的韻味。如：綴（de跟）、兮昏（e heng傍晚）、逯逯仔（dao dao a慢慢的）、毋爾（m na不只）、貧憚（bin duan懶惰）、攢早頓（cuan za den準備早餐）、囥佇陀位(keng di duo wi擱在那裏)、呵咾（稱贊）、物代（mi dai為何）、喙焦（cui da口渴）、毋拄（m gu不過）、湊揣（dao che幫找）、傷早（xiu za太早）、嬒咧拄好（me di du hou運氣不好）、去陀佚佗（kr duo qi tou去哪玩）……。這些母語詞彙讓小說中人物復位到生養他們的土地之上，使他們的形象更加立體，也讓他們的情感得以充分釋放。

陳長慶的《槌哥》表面上來看，描述的雖然是一個有著善良品格，又能腳踏實地、默默付出的憨傻小子，在自助、人助與天助(及祖宗庇佑)的情況下，慢慢蛻變及獲得福報的故事；但或許也是作者的一種自況、一種自我期許。相對於那些「精霸霸」、「罄瓜瓜」，書讀很多，卻「讀冊讀佇加脊骿」的失格高人、能人，以及那些唯利是圖、趨炎附勢的社會賢達，我想陳長慶自己更寧願選擇做一個憨厚誠樸的「槌哥」。他在小說中臧否的那些各自代表某種既定價值的人物，就是他一生在這小島上積澱出的善良邏輯的投射。

生於金門長於金門的陳長慶，雖然因為時代的禁錮沒能有系統地接受更高的教育，但是對於從年輕時就已經養成的寫作熱情，卻未曾須臾忘懷。沒有師從學院派的那些套路，並不意味著他就全然不懂那些「浪漫」、「現實」、「後現代」等「主義」或是什麼「後設」等手法。而是他更願意卸除文藝理論的束縛，使他的作品顯得更加單純有力。孔子曾說：「質勝文則野、文勝質則史」（質樸勝過文采就顯得粗野，文采勝過質樸就顯得虛浮）。小說和詩歌一樣，應該是根植於、棲居於大地之上的。如果文采與質樸不能兼備，寧願捨文而取質。

《槌哥》最為動人之處，是篇尾烏番嬸的「巡田園」一段。日薄西山的烏番嬸想要「一坵一坵巡巡看看」。槌哥陪著母親，一路巡看、一路回憶。隨著一聲聲「俺娘，妳會記的𣍐？(俺娘，你還記得嗎？)」而把人對生養土地之間的濃烈情感推到極致。

——「俺娘，妳會記的𣍐？這坵叫做刺仔跤，咱捌疊蕃薯，抑捌種塗豆。」

——「俺娘，妳會記的𣍐？這坵叫做大墓口，咱捌種露穗，抑捌種麥仔。」

——「俺娘，妳會記的𣍐？這坵叫做戰壕溝，咱捌種大麥，抑捌種玉米。」

——「俺娘，妳會記的𣍐？這坵叫做面前山，咱捌種符豆，抑種番仔豆。」

人對土地的感恩，人和土地的「告別」，再也沒有比用這樣的表達方式更為動人了。烏番嬸的巡田，除了話別、也有一代代傳承的用心。她對槌哥說：「每一坵園攏有較早我佮恁老爸種作行過的跤步；無管是園內的一粒沙、抑是一把塗，攏親像是咱作穡人的生命。」；她叮嚀槌哥要「時時刻刻用一種感恩的心來對待這田園，千千萬萬毋通好好園來予變草埔，若是按爾，毋爾對不起咱的祖公，嘛對不起這塊土地！」槌哥回應她的當然是堅定的承諾。

每一個人都有「巡田」的那一天。回望此生，我們不免會想，曾經在心中的那一畝田裏，播種過什麼？收穫過什麼？不管是腳下的一方土地，抑或內心的萬畝良田，都曾用不同的方式哺育我們。我們的愛慾、我們的憎惡、我們的悲歡喜捨，會在每一個時期、在心田的每一個角落，「用心」或「無心」地烙下深深淺淺的腳印。我們曾經自私、邪惡，也曾無私、善良；我們努力的聚斂，自以為擁有很多，到最後才驚覺原來所得有限，甚至，一無所有。

陳長慶的《槌哥》只是他辛勤耕耘所收穫的「莊稼」之一。他是懂得感恩、知福惜福、以筆代鋤的「作穡人」；信守踐履著「心肝若好，風水免討」的平凡人善良邏輯。儘管屬於他的創作穀倉已然盈滿，他還是孜孜矻矻的掘著田頭、掘著田邊，不斷地讓草埔變良田，讓他的「創作潤園」由「二股變四股，四股變八股，……」。

今後，如果有人問起陳長慶、問起他開墾的文學田壟裏的莊稼及風景。雖然我還沒有能力帶著他們「一坵一坵巡巡看看」，但至少，我會很願意和他們一塊兒用心聆聽槌哥陪著母親巡田時，和生養的土地間話別時的低語：

——「俺娘，妳應該會記得，這坵叫做菜園，園頭有一個古井，泉水誠飽，規年通天毋捌焦過。咱種過白菜頭、紅菜頭、菜球、高麗菜、網甲蔥、山東白、包頭蓮、菜豆、符乳豆、烏鬼仔豆；嘛捌種過刺瓜、苦瓜、金瓜、角瓜佮臭柿仔；擱有芹菜、韭菜、蒜仔佮蔥……。除了咱該己食外，有時妳嘛會提去分厝邊頭尾煮。俺娘，妳會記的嬒？」

——原載二〇一二年十月二日《金門日報・浯江副刊》

目次

平凡人的善良邏輯——讀陳長慶的小說《槌哥》有感 3

0 22

1 23

2 39

3 53

4 64
5 76
6 87
7 97
8 106
9 121
10 133
11 144
12 154
13 165

14 187
15 196
尾聲 215
守著田園守著家——《槌哥》後記 221
寫作記事 230

0

縱使春桃係因寡居，並在烏番婿的慫恿與自己的意願下，始與當年仍然戇戇的槌哥湊陣做、湊陣食，但不明就裡的兄長卻不屑地斥責他說：「若欲娶，嘛著去娶一個在室女，哪會去娶一個死翁又擱生過囝的查某。你若無戇、無槌，無人欲相信啦！」可是他並沒有想過，他娶到春桃這個死翁又生過囝的查某，比他那個目睭生佇頭殼頂的北仔某強上好幾倍。他那個氣質好又漂亮的北仔某，曾經讓母親氣身惱命；春桃這個死翁又生過囝的查某，則備受母親的肯定與村人的贊賞。他那個結婚多年的在室女某，並沒有替他生下一男半女，往後勢將成為孤單的老人；而他這個死翁的查某則為他添了小壯丁，讓他後繼有人。兩相比較，是誰戇、誰槌呢？或許，戇的和槌的依舊是他，只因為他是兄嫂心目中，永遠不能改變的槌哥……。

1

烏番叔睇著無神的雙眼，斜著頭、歪著嘴，口水不斷地從唇角流出，獨自坐在大廳門邊那張老舊的籐椅上。此生歹命二度中風，除了手腳不聽使喚外，竟也同時喪失所有的語言表達能力。雖然意識尚未達到模糊的境地，但是有口卻難言，只能以點頭或搖頭來表達，與啞巴毫無兩樣；甚至吃飯與便溺，都必須仰賴家人的協助和服侍。

即使烏番叔曾經想一死了之，以減少自身的痛苦及免予拖累家人，但並非眼睛一閉想死就能死。憑他殘疾的身軀，凡事都得假手他人，果真有輕生的念頭，想自殘做一個了斷亦非易事啊！故此，只好枯坐在家裡，苟延殘喘地度餘生，想不到一轉眼，竟是無數個日夜和晨昏。而在這段期間裡，為家疲於奔命的莫非就是烏番嬸了。她既要服侍臥病在床的老伴，又要上山耕作；回家後既要料理家務，又要餵養家禽與家畜，甚且還有一個戇囝需要她來照顧，每天幾乎都讓她忙得暈頭轉向、疲累不堪。幸好，她在台灣讀書的長子明年即將大學畢業，不久之後就可投入職場，屆時，這個家將由他來支撐，這似乎也是烏番嬸感到安慰的地方。

烏番叔在未中風之前，夫妻倆靠著先人遺留下來的田園勤於耕作，儘管成不了百萬富翁，但生活物質並不匱乏，一家大小和樂融融。大兒子名叫華章，自小聰穎過人，在校成績更是名列前茅，看在兩個「青暝牛」眼裡，內心的喜悅溢於言表，孩子何嘗不是他們未來的希望呢？然而，不幸的事則發生在小兒子華國身上，三歲那年，華國因感冒而發高燒，那時夫妻倆正忙於春耕而疏於照顧，復又缺乏醫藥知識，以為只要服用幾顆親戚從「番爿」帶回來的「保濟丸」，或用冷毛巾敷敷額頭即可退燒。何況小孩子發燒並非是什麼大病，過兩天就會自己好起來，沒有什麼好大驚小怪的。因此，只管忙於農事，對於孩子的病情一點也不在意。

但始料未及的是，孩子高燒不退並非是一般流行性感冒，而是受到腦炎病毒的感染所引起的，也因為延醫而傷及到腦部。想不到華國長大後除了智能變差，說起話來非僅口齒不清，甚至還有點大舌頭。即使每個孩子都是父母心中「心肝命命」的「乖囝」，可是在一般人眼裡則不一樣。一旦智商較低或智能稍嫌不足，倘若不把他歸類為「倥」，也會說他是「戇」，說白一點就是俗稱的傻瓜。於是同齡的玩伴幫他取了一個綽號叫「槌哥」。久而久之，不僅同伴如此叫他，竟連村人和家人也都習慣性地以槌哥來稱呼他，其學名華國早已被人遺忘。故此，槌哥這個名號極其自然地成為這個小小村落的指標，只要問起槌哥，幾乎無人不知、沒人不曉，簡直比鄉紳或長老還來得響亮。

儘管槌哥頭腦簡單、四肢發達，但長大後在烏番叔夫妻的調教下，竟也成為他們農耕的小幫手。雖然動作笨拙不靈活，反應遲鈍又不能主動，可是卻孔武有力。自從烏番叔中風以及其兄長遠赴台灣讀大學後，大凡田裡較粗重的工作，在烏番嬸的叮嚀和指點下，幾乎都由他來擔負。唯一美中不足的是缺乏自動自發的本能，甚至每次都必須經人再三地指點和催促，而所做之事也是支離散落、丟三忘四。雖然如此，但有他這個幫手總比沒有好。更何況一些粗重的工作，亦不是烏番嬸這個瘦弱的婦道人家能夠負荷得了的。而且槌哥還有一個更重要的任務，那便是每當用餐時刻，把臥病在床的父親攙扶起來，讓他斜靠在床頭，或是扶他坐在大廳的籐椅上，一口一口地餵他進食。

「阿爸，嗲—嗲—嗲展開，嗲展較開得；我—我—我欲飼你食糜啦！」往往當烏番叔張開嘴，槌哥就迫不及待地把湯匙裡的飯菜送進他的口裡。只見烏番叔微閉著雙眼，不疾不徐地細嚼慢嚥著。然而還沒等他嚥下，槌哥則又準備第二湯匙拿在手上等候，一見他吞下，馬上把飯菜送進他的嘴裡。遇有殘留在唇角的飯渣或流出的口水，就順手拿起圍在他胸前的毛巾，像抹桌子般地在他的臉上擦拭。以如此粗魯的動作來對待長輩雖然極為不妥，但卻是烏番嬸調教多時才讓他學會的，有口難言的烏番叔又能奈何？即使內心有不一樣的感受，但如果沒有他這個戇囝，縱使老伴有心要來服侍他，亦沒有足夠的力氣把他從床上扶起扶落，別說是想攙扶他到大廳餵他吃飯。

經常地，一碗飯總得花費好幾十分鐘始能餵食完畢。每當餵完飯後，槌哥會記住母親的囑咐，結結巴巴地問父親說：「阿─阿─阿爸，你─你─食有飽無？有欲─欲─欲擱食無？」而烏番叔除了微微地搖搖頭或點點頭外，亦會以一對慈祥與愧疚的眼光看著他。內心似乎亦有無限的感傷，如果當年不是因大人的疏忽而延醫，豈會讓腦炎的病毒侵蝕他的腦部，以致造成今天這種不能彌補的憾事。倘使沒有歷經如此的病變，想必這個孩子的頭腦勢必也會像他哥哥華章一樣的靈光，日後必是可造之材。然而事則與願違，一場高燒讓他的人生全部改觀，雖然他好手好腳身體魁梧，但其智商則明顯地受到影響，凡事非但不能主動或作明確的表達，說起話來更是結結巴巴辭不達意。倘若被人羞辱，亦只是嘿嘿地陪著人家傻笑而從不生氣，故而經常被同伴當寶耍，或作為欺負、消遣的對象。

在他年少時某個大熱天的午後，阿德、阿信、阿仁和阿義，幾個孩童在番仔樓前的廣場戲耍，當他們玩得正開心時，卻已是個個汗流浹背。於是在阿信的提議下，他們決定到村外的池塘戲水解熱，阿仁要在一旁看熱鬧的槌哥同行。

「莫啦，莫予槌哥綴啦！」阿德阻止他說。

「有槌哥佮咱湊陣來去，才會鬧熱。」阿仁說後，看看在一旁傻笑的槌哥，「你講有影無？」

「有─有─有，有影！」槌哥咧開嘴，露出一排大黃牙，結巴地說。

「是你欲綴阮去的，到時若共你擲落去魚池食水，你是毋通嚎喔。」阿義警告他說。

「驚─驚─驚啥潲。」槌哥拳頭一握、手臂一彎，不在乎地說：「我─我，我比恁較大箍，恁扛─扛─扛我無法得。我無─無─無佇驚啦。」

「槌─槌─槌哥，你─你─你真有種，誠─誠─誠有氣魄！」阿義摹仿他的口氣，誇讚他說。

「槌哥，毋免歡喜傷早，稍等一會你著知影。」阿信神祕地指著他說。

於是一夥人頂著大太陽，興高采烈地來到村外的水塘，也是孩子們口中的魚池。

水塘雖然沒養魚，但孩子們都稱它為「魚池」。其面積約莫一個籃球場大，那是戰地政務時期，政府為推行一村一塘，提供民眾灌溉用水，而動員民防隊開挖的。然而因土質鬆軟的關係，僅只挖了四五公尺深，復用泥土築了一個簡單的堤防，鋪上草皮便大功告成。而塘裡並非全是地下湧出來的泉水，雨水佔的比例似乎更高，因此，它儲存的水量有限，如果不下雨，水深亦只不過是兩三公尺而已。甚至池塘附近均為廢耕的草埔，距離每天需要澆水的菜園尚遠，所以鮮少有農人老遠前來挑水去澆菜，故而並不能發揮真正的效能。唯一的，或許是在炎熱的夏天，為孩子們提供一個戲水消暑的好去處。

他們一夥步上堤防，就迫不急待地脫光衣服，復撲通一聲跳下水，玩得不亦樂乎，惟獨獨槌哥毫無動作，僅咧著嘴站在堤上觀看。

「槌哥，緊共衫褲脫落來，湊陣來泅水。」阿信邊拍打著水花，邊催促他說。

「脫—光光，我—我—我會歹勢啦。」槌哥羞澀地說。

「槌哥著是槌哥，咱攏是查甫人，有啥物好歹勢得！」阿仁數落他說。

槌哥依然猶豫不決地，站在原地傻笑。

「我喊一、二、三，你若毋緊落來，一定欲共你掠來脫褲。」阿義警告他說。

「脫—光—光光，我—會—會歹勢啦。」槌哥又重複剛才的話語。

「逐家試看覓！」阿義向他們使了一個眼色，四人快速地爬上岸，二話不說就把槌哥壓倒在地上，然後脫光他的衣褲。雖然槌哥拚命地掙扎，口中也不停地喊著「我會歹勢啦，我會歹勢啦」，但說時遲那時快，他已成了一條光溜溜的大鯊魚，不得不以手遮住自己的下體，跟著他們一起下水。然而一進入水裡，四人就合力以手掌擊水來攻擊他。只見槌哥眼睛緊閉，雙手摀臉，即使意識到有被欺負的感覺，但嘴角則依然掛著一絲憨厚的微笑。

突然，槌哥「哎喲」地尖叫了一聲，摀臉的雙手轉而去護衛他的下身，原來頑皮的阿信竟潛入水中，乘他不備時，偷偷地摸了他一下膦鳥，並高聲地告訴同伴說：「槌哥下跤彼隻鳥仔發毛啦！」於是其他三人相繼地潛入水中，伸手想一探究竟。雖然槌哥的塊頭比他們高大，但猛虎豈能鬥得過猴群，只好雙手摀住下身，雙腳在水中活蹦亂跳，口中不斷地辯著：「哪—哪—哪有，哪—哪—哪有！」

「槌哥，鳥仔發毛著是欲轉大人啦；轉大人了後就會使娶某，知影無？」阿仁告訴他說。

「膾—膾—膾見笑。」槌哥用食指在臉上劃了好幾下，害羞地說：「囡仔人著數—數—數想欲娶某，會予人笑—笑—笑死啦！」

「有啥物好笑的？恁爸若無娶恁娘，哪會生你這個戇囝。」阿仁消遣他說。

槌哥搔搔頭，咧著嘴，傻傻地笑笑，或許認為阿仁所說的有理。

「槌哥，敢講你大漢無想欲娶某？」阿德問他說。

「我抑—抑—抑未大漢的啦！」槌哥辯解著說。

「抑沒大漢，鳥仔哪會發毛？」阿義笑著問。

「你—你—你，亂—亂—亂—亂講。」槌哥依然辯解著說。

「來，予我檢查看覓。」阿義說著，走近他，快速地伸手摸了他一下下體，而後高聲地嚷著：「我摸著槌哥的膦脬啦！」

「大粒抑是細粒？」阿德好奇地問。

「佮豬膦脬仝款，有夠大粒得。」阿義誇大地說，而後突然把槌哥抱住，並呼著同夥說：「啥人想欲摸看覓的緊來喔！」

槌哥使力地掙開，連爬帶走快速地跑上岸，並沒有讓他們在水中得逞。然而他們豈肯輕易地放過他，似乎不摸摸他的膦脬心不死。於是一夥人火速地追上，四隻發育不全的無毛小鳥，竟把槌哥這隻正在發育的大鳥團團圍住。只見槌哥氣喘如牛，雙手緊緊地摀住下體，尷尬地站在中央傻笑。而他們並沒有什麼企圖，只覺得他傻傻好欺，把他當活寶耍而已。

「槌哥，乖乖予阮一人摸一下，摸過了後就放你去。」阿仁笑著說。

「我毋啦！」槌哥猛力地搖著頭，卻突然指著他們說：「阿仁你嘛有膦脬，阿德你嘛有，阿信你嘛有，阿義你嘛有。逐個攏總有，物代欲摸我這粒？」

「你彼粒豬膦脬較大粒啦！」阿德比畫了一個既圓又大的手勢說。

「你─你─你─亂─亂講。」槌哥不屑地說。

「好啦、好啦，既然槌哥彼粒豬膦脬毋予咱摸，咱著莫摸啦！」

阿德雖然打了圓場，但卻低聲地和其他人交頭接耳，而後揮揮手說：

「逐家緊擱落來去魚池泅水啦！」

於是一夥人又進入水中繼續戲耍，槌哥多次被阿德壓在水中喝水，可是仍然不能滿足他們對他的欺淩。不久，阿德竟趁著槌哥與阿仁和阿信打水仗、玩得正盡興而不注意時，悄悄地走上岸，偷偷地把槌哥的衣服藏在一處隱密的草叢裡，企圖讓他「脫褲膦」、光著屁股走回家。

孩子們雖然混身都是勁，但玩久了終究還是會疲累。於是他們陸續地上岸，各自以衣服擦拭身上的水珠，然後穿上。可是槌哥則東張西望，到處找不到他的衣褲。

「我—我—我的—衫褲咧。」他睜大眼睛，緊張地四處尋找著。

阿德則向同夥使了一個眼色，示意他們別說。

「你的衫褲囥佇陀位，敢講你獪記啦？」阿仁假裝關心地問。

「我—我—我明明—囥佇這。」槌哥指著地上說。

「咱緊共伊湊揣。」阿信說後，暗自笑著。

於是四人在岸上東張張、西望望，虛逛了一圈後，又回到槌哥站立的地方。

「槌哥，四界攏無看著你的衫褲，你緊擱想看覓，你到底是囥佇陀位。」阿義說。

「囥—囥—囥佇這啊！」槌哥又指著地上說。

「無管你啦，日欲暗啦，阮欲先倒來去；若是傷晚倒去，會予阮俺娘罵半死。」阿德說後示意大夥兒一起走。

「恁—恁—恁𫝛使先倒—倒—倒去！」槌哥一時心急，竟更加地結巴。

「行啦，莫管伊啦！」阿德小手一揮，眾人竟真的跟著他跑。

槌哥目睹他們跑遠，復看看自己光著屁股的身軀，雖然他槌槌，但羞恥心並未泯滅，倘若「脫褲膦」走回家，鐵定會讓人笑死。故而，再也忍不住即將奪眶的淚水，除了不斷地用力跺著腳，又高聲地哭泣著。即使遠處尚有農夫在耕作，但誰也沒有閒工夫去理會他，更何況聽其聲，又不是自家的小孩。

太陽逐漸地西下，黑夜即將來臨，如此的情景更讓槌哥心生膽怯。於是他不得不用手摀住下身那隻尚未發育完全的小鳥，邊哭邊走回家。一走進家門，簡直讓烏番嬸嚇呆了。
「夭壽喔，你哪會無穿衫，又擱脫褲膦？」烏番嬸急促而關心地問：「你的衫褲咧？」
「我揣無啦！」槌哥哭泣著說。
「你去陀佚佗？」
「去—去—去魚池—泅—泅—泅水啦。」
「佮啥人去？」
「阿—阿—阿德、阿仁、阿信—佮—佮—佮阿義啦。」
烏番嬸無奈地搖搖頭，走進房裡取出一套乾淨的衣服讓他穿上。孩子被同伴欺負已是司空見慣，心中雖有不捨，但卻也不得不坦然面對。於是她以平常心來到隔壁的阿仁家裡，他的母親阿月仔正在廚房忙著。
「阿月啊，恁阿仁咧？」
「烏番嬸啊，是妳喔。」阿月仔用抹布擦擦手，從廚房走出來，「妳欲揣阮阿仁物事？」
「阮彼個戇囝佮伊湊陣去魚池泅水，衫褲毋知脫佇陀、煞揣無。

這陣無穿衫、無穿褲，脫褲膦沿路哭倒來，誠見笑喔。我想欲來問伊看覓，毋知有看著阮槌哥的衫褲無。」

「阮阿仁這個死囡仔，一日到暗攏嘛四界走，到這陣抑擱還未倒來。」阿月仔無奈地說。

「若是倒來，妳才共伊問看覓。」

「會啦，伊若是有看著，我才來去恁兜共妳講。」

烏番婻剛到家一會，阿月仔就匆匆地趕到，並急促地告訴她說：

「烏番婻啊，阮阿仁講恁槌哥的衫褲，是去予阿德仔提去藏啦。」

「這個阿德仔，明明知影槌哥有較戇，又擱偏偏愛創治伊，予伊脫褲膦、沿路哭倒來，實在誠過份。」烏番婻氣憤地說。

「阿德這個囡仔實在有夠跳鬼得，除了愛創治人，嘛誠歹死。阮阿仁捌予伊拍咯鼻血雙管流。」阿月仔說著，卻也不忘提醒她，「妳應該著去共個老母講，叫個阿德仔後次毋通擱按爾創治人。」

「囡仔人的事志大人呑忍一下著煞煞去啦。若是逐項欲認真去計較，會傷到厝邊頭尾的感情。」烏番婻淡淡地說。

「講起來也是有影啦。」阿月仔認同她的看法。

然而對於孩子被欺負之事，烏番叔夫婦心裡雖有不一樣的感受，但只要不傷及身體，則從不去追究。誰教他們要生下這個戇囝，讓人欺凌原本就是稀鬆平常的事，又能怪誰呢？如果因為孩子們的無知，而處處與人計較、找人理論，只有傷了大人之間的和氣，其他並沒有什麼好處。或許最令他們擔憂的是，一旦他們百年後，這個孩子將怎麼辦？精光的哥哥是否願意發揮手足之情，長年來照顧這個戇小弟？還是讓他守著這棟古厝，而後在這塊土地上自生自滅？這些足以讓他們感到憂心的問題，無時無刻不在烏番叔夫婦腦裡盤旋著。

雖然先人遺留下來的田園不少，只要勤於耕作必有收穫，有了收成就不會挨餓。可是這個戇囝有吃飯的本能，卻沒有煮飯的本事；有挑重擔的力氣，卻不懂得如何犁田與播種；穿髒的衣服要母親幫他洗滌，竟連洗臉都要大人再三地叮嚀和催促，甚至經常腳也不洗就上床睡覺，別說是刷牙和洗澡；在外受到欺淩和羞辱，更如家常便飯。如此之戇囝教他們怎能放心。但願隨著歲月的消逝、年齡的增長，他在日常生活方面能有自理的能力，不必再依賴別人；將來如果能娶一房媳婦來延續香煙，那是再好不過了。雖然凡事並非如他們想像的那麼簡單，但對這個戇囝，他們卻從未放棄希望。若依槌哥日漸懂事的狀態而言，想必烏番叔夫婦這個小小的心願是不會落空的，因為天公疼戇人啊。

2

人生的際遇，有時是難以預料的。樋哥隔壁家的阿生哥，只不過三十來歲，竟不知何故而一病不起，留下年輕妻子和一個年僅四歲的小女兒。即使目前衣食無虞，但往後的日子勢必會很難過。尤其是農家，如果沒有男人來支撐，光憑一個婦道人家，是難以應付田裡那些粗重工作的。阿生嫂名叫春桃，雖然是一個勤奮賢慧的傳統女性，可是她既要照顧幼小的女兒，又要上山工作，每天幾乎都在疲累中度過。年紀輕輕的就必須承受這種磨折，看在烏番嬸眼裡，的確有滿懷的不捨啊！

「春桃啊，若是園內有較粗重的穡頭，妳共我講一聲，我才叫阮樋哥去共妳湊跤手。伊雖然有較戇，但是粗氣大力，妳若叫伊怎樣做，伊會曉聽，也會曉做啦。」烏番嬸誠懇地囑咐她說。

「烏番嬸啊，妳的心意我會記囥心肝內，若是有需要樋哥湊相共，我會共妳講。依我的看法，樋哥伊毋是戇啦，是較條直，講話有淡薄仔大舌爾爾，將來就會變好。你毋免煩惱啦！槌哥伊嘛誠疼阮阿秀啊，有一日擱提糖仔來予伊食。」春桃說。

「厝邊頭尾，逐家互相照顧、互相疼惜，按爾才好啦。若是有需要阮槌哥共妳湊跤手，妳毋通客氣註妳講，擱較無閒，我也會叫伊撥工去共妳湊相共。」烏番婿又一次地叮嚀著說。

春桃目視烏番婿蒼蒼白髮與滿布皺紋的臉龐，以一對感激的目光向她點頭致謝。在她的想法裡，雖然烏番叔尚在人間，但卻是一個必須依靠家人照顧的風中殘燭。而槌哥即使粗氣大力，亦未真正達到高度智障的地步，只是較憨厚而已，但有些事仍然必須仰賴母親。儘管烏番婿還有一個大學畢業的兒子在台灣工作，而據說鮮少寫信回來問候，亦從未寄錢回家，根本就不管他們的死活，往後是否能成為他們夫妻倆的依靠，誰也不得而知。認真說來，烏番婿的命運似乎也好不到哪裡去，可是對她這個無依無靠的寡居人家則關懷有加，就彷彿是自己的母親，讓她備感窩心。

清明掃墓過後，也是農人忙著播種的季節。農夫則必須先以糞土或水肥，潑灑在整好的田裡當肥料，以便將來供給作物成長的養分。而在山路崎嶇、農路蜿蜒的情境下，無論是糞土或水肥，都必須以人力來擔運，這種粗重的工作，豈非是春桃這個弱女子可勝任的。於是她左思右想，不得不登門求助於烏番嬸。

「烏番嬸啊，恁槌哥明仔日毋知有閒無？」春桃不好意思地問。

「有啥物事志、註妳講。」烏番嬸爽快地說。

「我想欲叫伊共我湊擔糞啦，毋知伊有閒無？」

「妳安心啦，無閒嘛著撥工，明仔日透早我才叫伊去。妳共鋤頭、三齒佮畚箕攢予好。」

「烏番嬸啊，感謝妳，明仔日透早，我攢早頓等伊來啦。」

「春桃啊，妳無閒妳的，毋免赫夠工啦。我會叫伊食飽麋才去。」

「按爾欲怎樣講咧？」

「厝邊頭尾，親像該己，毋免客氣啦。」

翌日一早，烏番嬸備好早餐，並叮囑槌哥要吃飽，才有力氣去幫春桃挑糞土。

「春桃這家口實在有夠可憐，你著較搰力得，跤手著較緊得，毋通一日擔無三擔糞。」烏番嬸提醒他說。

「俺娘，妳—妳—妳毋免煩惱，春桃伊—伊—伊做人誠好，我—我—我會共伊湊跤手啦。」槌哥比手畫腳地說。

「戇囝，會曉按爾想就著啦！」烏番嬸嘴角，掠過一絲歡喜的笑靨。

當槌哥來到春桃家，她已泡好一壺茶，並取出必備的農具在等候。

「槌哥，歹勢啦，磨你的工，予你來共我湊跤手。」春桃客氣地，「我先倒茶予你啉。」

「我—我—我𣍐喙焦啦。」槌哥說後，竟沒有等春桃開口，逕自拿著鋤頭、三齒和畚箕，往牛椆間走去。如此自動自發的情況，在他們家是極其少見的，難道他在一夕間變了？還是之前過於仰賴父母而成了一個長不大的孩子？抑或是誠心誠意想幫春桃的忙在驟然間開竅了？不管他的想法和動機如何，滿滿的兩畚箕糞土挑在他的肩上，竟能輕輕鬆鬆地快步走，如果沒有粗氣大力是難以勝任的。

只見他來來回回，一趟又一趟，雖然汗流浹背，但似乎一點也沒有疲累的感覺，真是戇人有戇力啊！看在春桃這個弱女子的眼裡，簡直是不可思議。儘管她的丈夫阿生生前即已練就一身農耕本事，但其挑重擔的力氣，可能比不上槌哥。倘若不是槌哥反應稍微遲鈍，憑他魁梧的身軀和力氣，勢必是一塊作穡的好料子；無論要挑、要擔，絕對難不倒他。往後田裡一些粗重的工作，如果能得到他的幫忙，那不知該有多好。春桃獨自想著、想著⋯⋯。

請人幫忙幹粗活，準備三餐和茶點在農家原本就是稀鬆平常的事。那天中午，春桃煮的雖是家常便飯，但卻在菜中加了不少料。而整個上午下來，槌哥的確已耗盡不少力氣，故而早已飢腸轆轆。他已顧不了一起用餐的春桃和她的女兒阿秀，自個兒狼吞虎嚥，連續吃了五碗飯，又喝了一碗湯，而後站起身，用手抹了一下嘴角，再往自己的衣服一擦。

「春─春─春桃啊，我─我─我食飽啦，妳─妳─妳沓沓仔食，我緊擱來——來——來去擔糞。」

「食飽飽，毋通趕緊，稍歇睏的才擱去擔啦。」春桃關心地說。

「袂要緊啦，阮——阮——阮俺娘有交代，叫我跤——跤——跤手著較緊得，毋通一日擔——擔——擔無三擔。」槌哥解釋著說。

「槌哥，你搰力，跤手擱緊，早起晡已經擔去幾落擔啦，實在有夠厲害得。」春桃誇讚他說，「講實在得，你擔一晡，著予我擔幾落日，有你來共我湊相共，予我毋免煩惱綴袂著冬。」

春桃那幾句誇讚的話，再槌的槌哥也聽得懂。只見槌哥咧著嘴，憨厚的臉龐有一絲欣然的笑意，即使是以勞力換取而來的，他也樂意接受春桃對他的讚美。於是他逕行走進牛椆間，用鋤頭快速地耙滿兩畚箕糞土，復取來靠在牆壁上的扁擔，把畚箕上的繩子往扁擔兩頭一套，而後俯下身，輕鬆地挑起滿滿的兩畚箕糞土，直往蜿蜒的山路走去。抵達田裡後，只見槌哥把擔子輕輕地放下，然後俯下身，雙手握緊畚箕的把手，把它提起靠在腹部，並利用腰力邊走邊左右擺動，讓畚箕裡的糞土撒在田裡。儘管其動作不能像一般經驗老到的農人那麼熟練，撒下的糞土也不是那麼地均勻，但還是讓春桃感激在心。要不是槌哥來幫忙，憑她這個女人家，不知要幾天才能把牛椆內的糞土挑完。或許她的糞土尚未撒好，別人家播下的種籽已萌芽。作穡人除了勤勞外，也必須配合時序和季節，一旦不能如期播種而延後，勢必會影響往後的收成，這也是農人不樂意見到的。

整天下來，槌哥少說也挑了二十幾擔，牛糞土已撒滿了春桃準備種花生的那塊田地，同時太陽亦已逐漸地西沉。

「槌哥，日欲暗啦，通歇睏啦。」看到槌哥全身髒兮兮卻又汗流浹背，春桃除了不捨，亦有些不好意思，「緊倒來去洗跤手，通吃糜。」

「春─春─春桃啊，妳毋免夠─夠─夠工啦，兮─兮─兮昏，我𣍐使擱─擱─擱佇恁兜食糜，我著趕─趕─趕緊倒來去阮兜，通飼阮阿─阿─阿爸食糜。」槌哥說。

「這陣𣍐講誠晚，食飽才倒去啦。」春桃堅持著。

「𣍐─𣍐─𣍐使得，阮爸腹─腹─腹肚會枵。」槌哥亦有自己的想法。

「你毋免煩惱，恁俺娘會飼伊食啦。」春桃安慰他說。

「阮—阮俺娘老啦，無氣力通—通—通偃伊起來，我—我—我無趕緊倒去𣍐用的啦，阮—阮—阮阿爸腹肚會—會—會枵。」槌哥依然堅持著。

「按爾好啦，你先倒去飼恁爸食糜，等伊食飽，你才來阮兜食。」

「春—春—春桃啊，妳實在誠—誠—誠夠工，予我誠—誠歹勢。」槌哥說。

「你共我湊相共規日，予你出氣勞力，歹勢的是我啦。」春桃不好意思地說。

槌哥笑笑，遚行往回家的路走去。一回到家裡，就迫不及待地問母親說：

「俺娘，妳—妳—糜敢煮—煮—煮好啦？」

「煮好真久啦。」烏番婚順口回應，而後看看他說：「春桃牛椆間赫糞，你敢擔有完？」

「有—有—有啦，伊欲留—留—留我食糜，我共伊講—講—講阮阿爸腹肚會枵，我欲—欲—欲趕緊倒來飼—飼—飼伊食糜啦。」

「戇囝，你一點仔嘛無戇。春桃伊是艱苦家，共伊湊相共是咱心甘情願得，毋通伊夠工叫咱食，咱著欲食人，若是按爾著無意思啦。」

「俺娘，這—這—這種事志，我知—知—知影啦。妳—妳—緊去添糜予清，我—我—我欲來去扶阮阿—阿—阿爸出來食糜，若無伊腹肚會—會—會枵啦。」

「唉，」烏番嬸搖搖頭，歎了一口氣，「人講歹囝飼爸，你是戇囝佇飼爸，恁老爸若無你，我哪有赫大的氣力通共伊扶起扶落、飼伊食糜。」

「俺娘，我是阮—阮—阮阿爸的囝，我𣍐使予—予—予伊腹肚枵。飼伊食糜是—是—是應該得啦，若無會—會—會予雷公摃死。」

於是槌哥走進房裡，輕輕地拍拍父親的肩膀，低聲地說：「阿—阿—阿爸，我扶你起來食—食—食糜。」而後熟練地一手扶著父親的背部，另一手則穿過他的腋下，復使力地把他抱起，讓他斜靠在床頭。可是當他把父親餵飽後，正要讓他躺下時，卻聞到一股難聞的臭味，他已意識到父親一時控制不了，把大便拉在褲子裡。只見槌哥不慌不忙地讓父親躺好，並高聲地叫著：「俺—俺—俺娘，阿爸放屎囥—囥—囥佇褲啦，妳緊—緊—緊去提一領清氣褲—來—來—來予伊換。」

「夭壽喔，」烏番嬸邊走邊埋怨，「大人大種哪會不時共屎放囥褲內。」

當烏番嬸拿來乾淨的褲子時，槌哥已把父親沾滿著糞便的褲子脫下，並拿了一塊破布沾水，輕輕地為父親擦拭下身。即使他戇，但嗅覺並沒有失去功能，他竟能展現出為人子女之孝道，不嫌髒亦不嫌臭，為行動不便的父親清理糞便。烏番嬸目睹這幕情景，不禁紅了眼眶。雖然造化弄人，讓孩子成了戇囝，但如果沒有他，她這條老命想必早已被老伴折磨死了。雖然大兒子華章受過高等教育，在台灣亦有固定的工作，然而或許是在繁華的都市裡生活久了，除了對這片生他育他的土地有一種疏離感，這個家彷彿也離他愈來愈遠了。平常竟連一封問候的信也懶得寫，遑論是寄點錢回來貼補家用，就如同一隻斷線的風箏，隨風飄得遠遠的。想當年，父母親縮衣節食共他讀大學，莫不寄予厚望，冀望他學成後能對這個家多一點關注，可是往往期望愈高，失望也愈大。如依目前種種跡象顯示，兩老將來若想靠他來服侍，似乎是不可能的，說不定身旁這個戇囝，才是他們終身的依靠。

當槌哥為父親清理好糞便，並幫他換上乾淨的褲子時，春桃卻適時來到，她開門見山極其誠懇地對烏番嬸說：

「烏番嬸啊，我欲來叫槌哥來阮兜食糜啦。」

「春桃啊，妳毋免赫夠工啦，伊佇阮兜清彩食食著好。」

「烏番嬸啊，槌哥共我湊相共規日，來阮兜食糜是應該的。若無者，後次著毋敢擱叫伊來共我湊相共。」春桃認真地說。

「妳實在誠夠工。」烏番嬸能感受到她的誠意，轉身對槌哥說：「春桃欲叫你去食糜，你綴伊去食好啦。」

「歹—歹—歹勢啦。」槌哥面對著春桃，客氣地說。

「食一個粗飽爾爾，你毋通氣嫌著好，無啥物通歹勢的啦。」春桃含笑地說。

那晚，春桃煮了一鍋白米飯，煎了一盤青鱗魚，以及一大盆既可當菜又可當湯的五花肉炒高麗菜，它也是農家傳統的煮法。對於眼前這個莊稼漢的食量，春桃心中已有數，故而特地為他盛了滿滿的一碗飯，復又幫他夾魚夾菜，讓肚子正餓的槌哥，吃的津津有味、不亦樂乎。可是當春桃把一塊瘦肉夾到他碗裡時，他竟夾給坐在他旁邊的阿秀。

「阿—阿—阿秀啊，這塊赤肉予—予—予妳食。」

阿秀以一對水汪汪的眼睛看看母親，但春桃並不忍心阻止，反而細聲地說：「阿叔毋甘食欲予妳食，妳夾起食，𣍐要緊。」

「阿秀啊，咱是好—好—好朋友，著無？」槌哥親切地笑著說。

「著。」阿秀興奮地一笑，「阿叔，食飽後咱來去佚陶好無？」

「阿叔今仔日共咱擔規日的糞，伊食飽著歇睏，明仔日才有氣力通作穡，毋通攪煩伊，知影毋？」春桃叮嚀她說。

阿秀點點頭，失望地收起笑容。

「阿秀妳—妳—妳乖乖，等我有—有—有閒工，咱兩個才來去四—四—四界佚陶。按爾好—好—好無？」槌哥安撫她說。

「你𣍐使騙我的喔。」阿秀又展現出天真無邪的笑意，而後竟伸出小指頭，「咱來勾手勾，」當槌哥伸出小指頭讓她勾住時，她搖晃著手指說：「勾手勾，勾萬年，啥若騙我，著予我錢。」

「妳—妳—妳，予我—我—我錢。」槌哥說著，同時伸出手。

「予你一箍。」阿秀說後，朝她的手心拍了一下。

春桃目睹此情此景，內心的確有無限的感慨。一個家如果沒有男人的支撐，孩子如果沒有父親的呵護，那還像個家嗎？自從阿生死後，所有的重擔幾乎全落在她的肩上，讓她有疲於奔命之感，如果有槌哥這個厚實的肩膀可依靠，那不知該有多好。雖然他有點條直，卻孔武有力；儘管他凡事不能主動，但只要稍加提醒則依舊能勝任。從今天來幫她挑糞、撒糞土，即可看出端倪；農家需要的不就是像他這種男人嗎？孩子需要的不就是一個能陪伴她、卻又沒有距離的父親嗎？而且他事親至孝，除了為行動不便的父親餵食外，甚至還不厭其煩地扶起扶落、幫他清理糞便，把臥床的父親，服侍得無微不至，讓勞碌一生的母親能喘口氣。這些雖都是微不足道的小事，可是又有多少頭腦靈光的子女做得到呢？縱使槌哥不一定能領會到「孝」字的道理，可是凡事經過母親的調教和提醒後，都能牢記在心頭，並以行動來證明一切，充分展現出善良的本性、孝順的本質，這是多麼難能可貴啊！春桃情不自禁地多看了他一眼，也同時對眼前這個憨厚、卻又被謔稱為槌哥的小兄弟，留下極其深刻的好印象。

3

大學畢業留在台灣工作的華章，平日鮮少寫信回家，卻突然寄來一封限時信，告訴父母親他即將結婚的喜訊，除了希望家人能到台灣參加他的婚禮，也同時為結婚費用而求助於雙親。儘管烏番嬸在得知這個消息時難掩內心的喜悅，然而，孩子非僅沒有體恤父親長年臥病在床的苦痛，以及母親支撐這個家的辛勞，亦未曾衡量家中的經濟狀況，竟獅子大開口，要家裡從速為他匯去新台幣十萬元，好讓他籌備婚禮。

當烏番嬸向家人宣布這個喜訊時，只見老伴露出一絲喜悅的微笑，槌哥更是嘻嘻地逢人便說：「阮—阮—阮阿兄欲—欲—欲娶某啦，阮—阮—阮阿兄欲—欲—欲娶某啦！我—我—我誠歡喜，誠—誠歡喜！」可是隱藏在喜悅背後的十萬元要如何去籌措？才是家人煩惱的開始。烏番叔臥病多年無法工作，加上他四年大學已花掉家裡好幾十萬元。即使烏番嬸翻箱倒櫃，把這幾年販賣家畜、家禽與農作物儲存下來的錢，一千、兩千，三百、五百，拚命地湊合，依然不及十萬元。只好打開層層包袱的死結，把兩枚金戒指以及一對金手環拿到「金仔店」去變賣，始勉強湊足，並火速地買了郵政匯票幫他寄去。然而，當華章再次來信時，只告訴父母親說匯票已收到，至於什麼時候結婚則隻字不提，更別說要請家人到台灣參加他的婚禮。

或許華章已深知自己的家庭狀況，父親二度中風形同植物人，弟弟小時候一場高燒讓他成為槌哥，縱使臥病在床的父親行動不便不能來，但若讓土裡土氣又不識字的母親來，若讓傻裡傻氣又槌槌的弟弟來，勢必會讓他的面子盡失。尤其是置身在台灣這個現實的社會裡，凡事講究的是體面和排場，自己生長的環境已讓他感到自卑，更何況外省籍的岳父曾在政府機關做過事，未婚妻亦是受過高等教育的職業婦女，在社會上都有不錯的人脈關係和地位。如果讓他們知道自己的家庭狀況，非僅會讓他們留下不好的印象，甚而會被瞧不起，這幾點或許就是華章不想告訴父母親的原因。同時他亦已想過，倘若岳家問起父母親為什麼沒來替他主婚，他將以父親臥病在床以及交通不便為由來搪塞。

儘管烏番嬸一天盼過一天，但她盼望的並非到台灣參加孩子的婚禮，只是想知道他的確實婚期，好準備囍糖分送村人及至親好友，一方面了卻為人父母者的心願，另一方面讓親朋好友分享她娶兒媳婦的喜悅。而更重要的是她必須開始餵養大豬，以備來日孩子帶著媳婦回鄉省親時，好殺來祭拜天公祖和宴客。於是她託人寫信給華章，詢問他關於結婚的詳情。從他的回信中得知，孩子已在日前完婚，但惟恐母親照顧父親和弟弟無法分身，故而沒有邀請她老人家到台灣參加他的婚禮，特別向母親致歉。同時寄來好幾張小倆口的結婚照片，當烏番嬸看到英挺帥氣的孩子，看到氣質高雅又漂亮的媳婦，其興奮的心情不言可喻。

於是她迫不及待地走進房裡，搖著臥床的老伴，急促地說：「老也，你看、你看，咱阿章娶某啦，我生目毋捌看過赫爾媠的新娘！」

只見烏番叔睜開無神的雙眼，雖然眼前一片模糊，但嘴角卻露出一絲淡淡的笑容，那是一抹滿足的微笑。即使自己已是風中殘燭，但孩子能有今天，他還有什麼好遺憾的呢？

「老也，你有看著無？有看詳細無？咱新婦有婧無？」烏番嬸又一次地把照片放在他的眼前。」

烏番叔張開眼，微微地點點頭，隨後又閉上雙眼。不一會，竟有兩行熱淚滾落在腮上。

「老也，你物事咧流目屎？是傷歡喜是毋？」烏番嬸用手拭去他腮上的淚水，深情地問。

烏番叔緊閉著雙眼，沒有點頭，亦沒有搖頭，淚水則像斷線的珍珠，一顆顆不停地滾下。或許，隱藏在他心中的有太多怨恨，想當年，夫妻倆為了這個孩子，不畏風寒與暑熱，廢寢忘餐在田裡辛勤地耕作，復節衣縮食供他讀書上大學。如今，孩子長大卻又成家立業了，而卻不幸賠上自己的健康，想不教他傷心也難啊！尤其是孩子讀書愈多、受的教育愈高，復加在都市裡生活久了，便極其自然地成為現實的都市人。對於家非僅冷漠則又鮮少關注，需錢孔急時才想到家，甚至從大學畢業在台灣工作後，就沒有再踏入這座生他育他的島嶼一步。或許，這個家再也不是他人生旅途的驛站，只因為他長大了，翅膀硬了，可以任由他四處地遨遊。故而，烏番叔在高興娶媳婦的同時，似乎也必須有失去兒子的心理準備，因為從種種跡象顯示，以及依目前的情況來推想，將來說不定得靠槌哥這個戇囝來服侍他們。想到此，烏番叔又一次地熱淚盈眶。

「阿—阿—阿爸，」槌哥適時地走了進來，目睹如此的情景，關懷地問：「你—你—你咧噱物事？是毋是—咧—咧—咧腹肚枵？」

烏番叔微微地睜開眼，看到的是一張純樸敦厚的臉，感受到的是戇囝一片誠摯的孝心。於是他打從心靈深處發出如此的吼聲，這個戇囝才是他們夫妻倆往後的依靠，只要有他就好，還有什麼不滿足的呢？

槌哥見父親沒有回應，臉上卻有淚光在閃爍，他主動地伸出粗糙的手，輕輕地為他拭去頰上的淚水。

「這是恁阿兄佮恁阿嫂的結婚相。」烏番嬸把手上的相片遞給槌哥說。

「阮—阮—阮阿兄佮阿嫂的結—結—結婚相，」槌哥興奮地睜大眼睛一看，哇地一聲，「阿兄穿—穿—穿西裝，阿—阿—阿嫂穿禮—禮—禮服，有夠好—好—好看得！我—我—我欲提來去予—予—予春桃看。」說後轉身就走，而且三步併成兩步，直往春桃家奔去。一見到春桃就迫不及待地把照片遞給她他說：「春桃啊，我提—提—提阮阿兄佮—佮—佮阮阿嫂的結婚相，欲來予—予—予妳看啦。」

春桃含笑地接過去，一張張仔仔細細地看了好一會，而後誇讚著說：「新娘婿、囝婿緣投。槌哥，恁兜燒好香、福氣啦！」

槌哥難掩內心的喜悅，嘿嘿嘿地笑不停。

「槌哥，恁阿兄娶某了後，下次著換你娶啦。」春桃笑著說。

「無—無—無可能啦！阿義伊講—講—講我槌—槌，又擱傻—傻瓜—傻瓜，這—這—這世人毋免數想欲—欲—欲娶某。」

「槌哥，你毋通聽伊亂亂講，你是較條直，毋是像伊講的按爾。若是像你這陣赫爾搰力佇拍拚作穡，對序大人又擱赫爾有孝，將來毋免驚娶無某啦。」春桃誠摯地鼓勵他說。

「春—春桃啊，佇—佇—佇咱這個鄉里，就是妳—妳—妳春桃，看我上有—有—有通起。」槌哥懷著感激的心說。

「你毋通按爾講，雖然是我該己的看法，但是俗語話嘛講：人咧做、天咧看，我相信天公祖會保庇你。將來啥物人若嫁予你，一定有好日子通過。」

「春桃啊，我—我—我毋敢數—數—數想啦。」槌哥自卑地說。

「啥物事志攏著有信心，緣分若到，某自然就來。槌哥，天公祖會疼你這個有孝囝，你毋免煩惱啦！」春桃鼓勵他說。

槌哥嘿嘿地笑笑，有春桃這個相知相惜的鄰居他感到無比的興奮。然而在他的想法裡，春桃也是相當可憐的，阿生哥早逝，留下她一個女人家，既要上山耕作，又要撫養小孩，每天忙得團團轉。雖然遇有較粗重的工作都會找他幫忙，但每次都要留他吃飯，讓他感到不好意思。尤其彼此都是多年的好鄰居，過於客氣就是見外，況且，她的女兒阿秀也非常喜歡他，就好比是一家人似的。此時，如果他們兩家能合成一家不知該有多好，阿秀可由母親來照顧，他和春桃可以一起上山耕作，粗重的工作由他來擔負，如此一來，春桃就不會過於的勞累。槌哥想著想著，雙頰竟有點兒熾熱。

「阿—阿秀咧？」槌哥問。

「毋知走去陀位佚陶。」春桃說。

「我—我另日才—才—才擱來揣伊啦。」槌哥移動著腳步，卻也不忘提醒，「妳若—若—若有較粗重的—的—的穡頭，欲叫我共—共妳湊相共，妳才共我—我—我講一聲，毋免細—細—細膩啦。」

「槌哥，講實在得，這段時間若無你共我湊相共，我毋免數想欲佮人起落冬。你對我赫爾好，我會永遠記囥心肝內。」春桃由衷地說。

「妳—妳—妳毋通按—按爾講，若無我會—會歹勢。阮俺娘不—不—不時咧講，親像妳春桃這—這—這呢賢慧的—的—的查某，無—無地揣。阿—阿—阿生兄又擱早死，實—實在有夠可憐，叫我若是有—有—有閒，著共—共妳湊相共。」

「烏番孅對我的疼惜，予我真感心，毋知啥物時陣才有通來報答伊的恩情。」春桃說後，眼眶有些微紅。

「阮俺—俺娘伊講，看—看—看著阿秀啊一日一日咧—咧—咧大漢，伊心肝內著—著—著歡喜。」

「槌哥，你若有衫褲欲洗，才提來予我共你洗啦。」春桃誠懇地說。

「我的衫——衫褲，攏——攏——攏是阮俺娘咧——咧——咧洗啦。」

「恁俺娘有歲啦，著予伊加歇睏一點仔，毋通予伊傷拖磨。」

「春——春桃啊，妳講——講——講的無毋著，阮俺娘老——老啦，著歇——歇——歇睏啦。」

「恁阿兄敢有講欲帶恁嫂啊倒來？」春桃改變話題問。

「我有聽——聽著阮俺娘咧——咧——咧講，阮豬椆內兩隻大——大——大豬毋賣，欲——欲等阮阿兄倒來，通——通——通予伊敬天公、請人客。」槌哥興奮地，「春桃啊，到時妳——妳——妳著佮阿——阿秀啊來予阮請。」

「會啦，逐家攏是幾十年的好厝邊，到時我會去共恁湊相共、叫人客啦。」

「有——有——有影無？」

「當然嘛是有影。」

「按——按——按爾好，春桃啊，來——來——來，咱來勾——勾——勾手勾。」槌哥走到她的面前，兩人同時伸出小指頭緊緊地勾住。當他們手指碰觸在一起時，槌哥像是一個童心未泯的頑童，內心並沒有太大的起伏變化，而春桃則是一個歷經風霜的小寡婦，即使成天忙於農事和家事，但又有誰能瞭解她內心的空虛和寂寞。對於眼前這個憨厚的男人，儘管他槌、他戇、他傻！可是他畢竟是一個身體強壯的男人，也惟有這種男人才能撫慰她空虛寂寞的心靈。春桃想著想著雙頰一陣熾熱，整顆心彷彿要跳出來似的，於是她趕緊鬆開被槌哥勾住的小指頭。

「春桃啊，咱已—已—已經勾過手—手—手勾，妳嬒使騙—騙—騙我得。」槌哥認真地說。

「嬒啦，」春桃看看他，笑著說，「我嬒騙你啦。」

槌哥滿意地笑笑，誠樸的臉上露出兩排大黃牙，魁梧的身體是成熟男人的象徵，古銅色的臉龐有著農村青年的敦厚，看在春桃眼裡，那是一張多麼誠摯純樸的臉啊！雖然他的頭腦沒有阿生靈光，手腳也沒有阿生來得敏捷，但在失去阿生的此時，她需要的是一雙粗壯的手臂作為她往後的依靠。在這個小島上，若依槌哥的德性，想娶一個黃花閨女做媳婦似乎不易，而她這個小寡婦，豈能背棄祖龕裡的列祖列宗遑自帶著女兒去改嫁？果真如此，往後是否能幸福？還是會受到凌虐？一切都是未知數。

在她單純與自私的想法裡，如果烏番嬸能接納她、包容她，如果槌哥有意願，她願意和他共同生活在一起，除了照顧臥病在床的烏番叔，亦可同時延續兩家的香煙，一起為先人遺留下來的田園來打拚。因為烏番嬸一家人不僅是她多年來相互瞭解、相互照顧的好鄰居，自從阿生去世後對她們母女更是關懷有加，早已衍生出一份異於鄉情和友情的親情，讓她們母女感受到人間的溫暖與家庭的溫馨。

或許在一般人的看法，槌哥的缺點多於優點，但在她的心目中，槌哥則有其憨厚與純樸的一面，是許多頭腦靈光的時下青年不能與其相比的。即使他反應較遲鈍，口齒又不清，然而卻有一顆熱忱善良的心，往後倘能和他生活在一起，幸福的日子可說指日可待。況且他並非是先天的智障，而是後天的一場高燒讓他的腦部受創，致使他長大後成為被人取笑的對象。果若兩人有緣結成連理，將來一旦生下一男半女，勢必會是一個身心健康的孩子，而不是槌哥。春桃想著、想著，雙頰不僅有無名的熾熱感，那張歷盡滄桑卻又久未抹胭脂的臉，竟在驟然間像是一顆熟透了的紅蘋果……。

4

經過烏番嬸請人寫信不斷地催促，華章終於帶著他新婚不久的妻子晶晶回到這座久別的島嶼。然而，儘管村人以熱烈的掌聲來歡迎他們，家人以喜悅之心來迎接他們，可是晶晶則始終板著一張高傲的臉，幾乎一點點笑容也沒有。是村人得罪她？還是家人虧欠她？抑或是生來就是一張樸克臉？誰也不得而知。

「阿章仔，恁某是咧無歡喜啥物，從倒來到這陣，還未看到伊笑一下。連叫一聲俺娘嘛無，實在有淡薄仔過份喔！」烏番嬸終於忍不住地對兒子說。

「伊心情無好啦。」華章說。

「是啥人得罪伊？抑是欠伊？」烏番嬸毫不客氣地問。

「伊看咱這個所在𣍐慣勢啦。」

「𣍐慣勢？」烏番嬸不屑地，「俗語話講：嫁雞綴雞飛，嫁狗綴狗走，咱這個所在經過幾落代人，出丁無數，無一個敢嫌，伊咧嫌啥物空？敢講你是去予伊招囝婿？伊才會赫呢敢死嫌東嫌西！」

「俺娘，妳毋通擱講講赫啦，我真煩哩！」華章不耐煩地說。

「你煩，我比你擱較煩！」烏番嬸激動地，「好名好聲娶這種新婦，予人𣍐探聽得啦！」

「伊是大學生呢，生了嘛𣍐歹看，又擱佇政府機關咧吃頭路，一月日嘛領𣍐少錢。有這款好新婦，妳應該著誠歡喜、誠驕傲才著，哪會使講予人𣍐探聽得！」華章辯解著說。

「你毋通搬搬赫大道理來疊我這隻青瞑牛。我毋是咧講你，你四年大學開去厝內偌濟錢？畢業了後食頭路趁偌濟錢？你敢有寄一箍銀仔倒來咱兜，通予我家事相添用？完全無共序大人看佇目睭內，你這款做法實在予我誠清心。」

「俺娘，妳毋知啦，佇台灣彼個大都市，目睭展開逐項攏著錢，無親像咱兜生活水準赫呢低，食蕃薯糜配菜脯著會使過一頓。而且咱兜嘛無欠錢用，我才會無寄錢倒來啦。」

「你講的雖然無毋著，但是你毋通𣍐記咧，恁老爸規年通天倒佇眠床頂，恁小弟頭殼又擱無精光，咱兜拄拄靠我這把老骨頭啦，若是逐個像你這種想法，飼囝敢抑擱有路用？」烏番嬸依然激動地說。

「俺娘，妳毋通氣啦。等有一日妳若老、𣍐作穡，親像阮爸倒咧眠床頂，彼陣我才寄錢倒來飼妳啦。」

「我毋敢數想！」烏番嬸說後轉身就走。

華章目睹母親佝僂的身影緩緩地離開他的視線，內心雖有不捨，但卻也不得不為自己的未來做打算。儘管父母親節衣縮食供他讀大學讓他感激在心。可是為了自身的前程，這座島嶼對他來說已沒有什麼可留戀的地方，這個貧窮的家亦然，在台灣成家立業更是他夢寐以求的。如今他已完成人生大事，娶了一個美嬌娘，繼而將是買一幢屬於自己的房子，買一部自用轎車，夫妻倆將在台灣這個繁華的都市，過著無憂無慮的高水準生活。況且，臥病在床的父親有母親和弟弟照顧已綽綽有餘，一旦母親年老亦可由弟弟來服侍，並非他不孝，而是社會現實。

華章正想著，晶晶卻突然出現在他眼前。

「我們什麼時候回台灣？」晶晶面無表情地問。

「再忍耐幾天吧。」華章低聲下氣地，「可能要等拜完天公、請過客。」

「拜什麼天公、請什麼客？我已經受夠了！」晶晶不屑地，「看到你那個半身不遂的爸爸斜著頭口水不斷地流，我就想吐！看到你母親那副高高在上的惡婆婆德性，我就生氣！看到你那個傻乎乎的弟弟晃頭晃腦阿、阿、阿，阿半天還說不出一句話，我就噁心！叫你不要回來你偏不聽，明明是想把我折磨死！把我氣死！」

「再忍忍吧，晶晶。」華章低聲細語地安撫她說。

「你要我忍到什麼時候？你睜大眼睛看看你這個家，滿屋子灰塵，蒼蠅蚊子滿天飛，床鋪硬梆梆，棉被又發霉，竟連衛浴設備也沒有；吃不像吃，睡不像睡，那像個家啊！你說說看，我忍受得了嗎？我忍受得了嗎？我必須先把話講在前頭，不管是拜天公或拜你們家祖宗十八代，要拜你儘管去拜，我是不吃這一套的！」晶晶激憤地說。

「不要這樣嘛……。」華章試圖安撫她。

「不要這樣、要我怎樣？」晶晶依然激動地。

華章一時無言以對，仔細地想想，這個小小的島嶼的確不能與台灣相媲美，這個貧窮的家又何能與富裕的岳家並論，所謂門當戶對自有它的道理。尤其是自己的家人，一個是臥病在床的父親，一個是不識字的母親，加上一個智障的弟弟，如此的組合連自己都要搖頭歎息，難怪晶晶會大動肝火不能接受。儘管這是生他育他的地方，與它有割捨不了的臍帶關係，但似乎也基於某些現實因素的使然，致使他多年來未曾回到這個家。或許，一旦在都市裡住久了，勢必會與這座島嶼逐漸地疏離，不久之後將成為現實的的都市人，這塊土地與這個家對他來說已不重要了。

烏番嬸再怎麼想也想不到，兒子娶回來的媳婦，竟是一個眼睛長在頭頂上的北仔查某。為了不願讓村人看笑話，為了替兒子留一點顏面，她依然按照原計劃，選了一個宜嫁娶的吉日，先挨家挨戶送囍糖，再殺豬宰羊敬拜天公祖，然後宴請村人及親朋好友。然而在準備拜天公時，晶晶則說到做到，任憑諸至親好友說盡好話、再三敦請，她不拜就是不拜，除了讓烏番嬸顏面盡失外，誰也奈何不了她？也讓鄉下人見識到都市女人、北仔查某的嬌氣；烏番嬸娶到這種「新婦」，更是「清心熇火」怨歎無地講。

那晚席開十餘桌，烏番嬸穿上特地做的新衣服，黑色的絨褲，配上棗紅色外套，髮上別了一朵象徵喜氣的「桔仔花」，看來更像一個「大家」。而槌哥不僅穿上華章送給他的黃襯衫和灰色西裝褲，髮上也抹了油，更梳了一個三七分邊的西裝頭，雖然讓人有耳目一新之感，但與其相貌似乎不怎麼搭配。如果以傳統的習俗來說，今天「上大」的當然是新娘與新郎。可是，除了新郎華章西裝革履外，眾所矚目的新娘晶晶，竟放著帶回來的禮服和高跟鞋不穿，卻又故意不化妝，僅穿著牛仔褲、黑外套和球鞋。當華章陪她逐桌敬酒時，她卻板著冷冷的臉孔，心不甘情不願地跟著走。然而在敬到某一桌時，卻禁不起幾個年輕人要她乾杯的聲浪，毫不猶豫地連乾好幾杯，最後終於不勝酒力，不得不向高粱酒俯首稱臣，當場嘔、嘔、嘔地吐了滿地，把原本喜氣洋洋的場面，搞得烏煙瘴氣。烏番嬸看到如此的情景，除了搥心肝外，心也不斷地在滴血，傷心失望的淚水只好往肚裡吞。諸至親好友面對如此的場面，莫不感到錯愕，甚而交頭接耳、議論紛紛。

儘管新娘來自大都市，出身在公教世家、受過高等教育，又長得如花似玉，但其高傲不識相的心態，委實難以獲得多數人的認同。而誰該負最大的責任呢？毫無疑問地，華章首當其衝，可是他非僅不加以勸說和阻止，甚至此次回來亦非自己所願，純粹是母親不斷地寫信催促，不得不回來應付應付。因為他對這片孕育他成長的土地早已不認同；對這個貧窮的家早已厭倦；甚而對臥病在床的父親、對不識字的母親、對智障的弟弟，其親情的成份亦逐漸地淡薄。這不知是他無情，還是受到現實社會影響的使然？任憑烏番嬸燒好香，復向天公祖叩三個大響頭，依然改變不了兒子「變款」的事實，遑論「數想」這對「讀冊讀佇加脊骿」的兒媳來孝順他們、奉養他們。

春桃目睹烏番嬸連日來「氣身惱命」的心情，的確不知如何來安慰她才好。當兒媳返台後，她的情緒仍舊無法平復，每天悶悶不樂地，一點也感受不到「娶新婦」的喜悅。

「烏番嬸啊，這陣的少年人就是按爾，妳著想較開得，莫佮伊計較啦！」春桃安慰她說。

「阿章不中用，才會娶著這種查某。」烏番嬸感歎地說：「無彩我儉酸苦躉，予伊去台灣讀大學，結果冊是讀佇加脊骿。平常時無寄錢倒來無打緊，這遍欲娶某擱寫批來敲去十萬箍，想𣍐到娶的是這種目睭生佇頭殼頂的查某，實在予我誠傷心、誠怨歎。」

「佇台灣彼個所在，有通成一個家也是無簡單。我相信阿章娶某了後，伊就會沓沓捌世事、會曉想、有孝序大人，𣍐予妳失望啦。」春桃安撫她說。

「春桃啊，我知影妳好心好意咧勸我。講實在得，毋是我咧罵該己的囝，阿章這個囡仔已經變款啦，無路用啦，無共這個家看佇目睭內，又擱予彼個北仔查某疊死死，將來穩會聽某喙、綴某去，毋免數想伊會來有孝序大人。」

「𣍐啦，應該𣍐按爾才著。若是誠實赫爾無良心，就狂費恁兩個老歲仔飼伊大漢的苦心。」

「妳春桃親目看著，槌哥雖然戇，講話又擱會重句，但是這幾年來伊有沓沓咧變，除了會曉食，也會曉做，𣍐擱親像細漢的時陣逐項𣍐曉得，予我佇煩惱。尤其是老歲仔破病倒咧眠床頂，若是無槌哥共伊扶起扶落，飼伊食糜，又擱共伊捏屎捏尿。若是步步欲靠我這個老查某，我看伊老早就去蘇州賣鴨卵啦，敢抑擱有通活到這陣。」

「我較早捌共妳講過，槌哥伊毋是戇，是較條直。妳看伊佇擔肥作穡，除了揩力外，力頭又擱飽，誠濟少年人攏嘛綴伊無一個尾逝。雖然講話有淡薄仔重句，但是伊實話實講、獪彎彎斡斡，予人感覺誠實在。尤其伊咧飼烏番叔食糜，佇共烏番叔拭尻川，實在予人誠感動。將來啥人若嫁予這個有孝囝，穩當會快活一世人。」春桃說著說著，眼眶竟有點微紅。

「春桃啊，咱親像該己，我毋驚妳笑，雖然槌哥有沓沓咧捌世事，也認真揩力佇作穡，但是我看規金門山，揣無一個赫戇的查某，欲嫁予伊這個戇人做某。」烏番嬸自卑地說。

「可能緣分還未到啦。」春桃有不一樣的看法。

「講實得啦，槌哥伊毋是生出來著戇，伊是發高燒、燒過頭，才會變按爾。彼陣佇落冬當無閒，又擱無經驗，獪曉緊共伊送去醫院予醫生看，害伊一世人變戇人。將來若是有緣欲共伊做親情，咱也是著稍考慮一下，獪使娶一個比伊較戇的查某，若是按爾，將來生出來的一定是一個戇囝。」

「烏番婶啊，妳講的無毋著，槌哥伊毋是天生的戇人，若是清彩共伊娶一個𣍐曉半項的戇某，會害伊一世人。」

「春桃啊，有時我拄拄仔佇想，想講阮兩個老歲仔食會老，阿章佮翁仔某無可能會擱倒來咱厝徛，妳若是無欲擱去嫁，後次叫槌哥來共妳湊作穡，共妳湊飼阿秀啊，妳煮糜予伊食，共伊洗衫褲，逐家互相照顧，若是按爾毋知有偌好！」烏番婶說後看看她，似乎感到有點冒昧，竟不好意思地說：「這是我該己的想法啦，春桃啊，妳聽聽就煞煞去啦，毋通怪我這個老番顛黑白想、亂亂講。」

「烏番婶啊，毋是我咧大面神，我𣍐擱去嫁別位啦，我會佇咱這個鄉里永遠徛落去，共阿秀啊飼予大漢。講實得，槌哥是一個會予查某人倚靠的查甫人，對序大人又擱誠有孝，有時陣看著伊赫爾有耐心咧飼烏番叔食糜，實在予人真感動。有一次伊來共我湊擔糞，我嘛有共伊講若有衫褲欲洗，才提來予我洗，但是伊誠客氣講妳會共洗。烏番婶啊，毋驚妳笑，妳這陣的想法佮我彼陣的想法完全仝款。尤其我從細漢著無爸無母，阿生又擱早死，咱若是會當來相照顧，也是一種緣分，我會共恁當做該己的父母來有孝！」春桃紅著眼眶，極其感性地說，而卻也有所顧慮地，「毋拄這攏是咱兩個該己的想法，槌哥毋知會像咱按爾想𣍐？」

「槌哥這個囡仔雖然有較條直，但是伊誠聽話，每一次叫伊去共妳湊相共，伊攏嘛是歡歡喜喜無第二句話。尤其妳不時夠工留伊食糜，又擱煮好料予伊食，無共伊當做外人，伊倒來攏嘛呵咾妳對伊誠好。春桃啊，妳若誠實有意願欲佮槌哥湊陣做、湊陣食，我相信伊也會誠歡喜啦。尤其恁兩個的歲聲差無偌濟，認真講起來，若是有緣欲來相疼惜嘛是誠好。」

「烏番婚啊，這項事志咱暫時囥咧心肝內，順其自然沓沓來；若無者，予人講閒話著歹勢啦！」春桃有所顧慮地。

「妳的顧慮無毋著，愛講閒話的鄉里人誠濟，毋通好好事志予三句話共咱拍歹去。妳心肝內若有按爾拍算著好，賭得咱才擱沓沓來講。」

「烏番婚啊，妳會嫌我這個查某𣍐見笑𣍐？」春桃突然不好意思地問。

「戇囡仔，聽著妳頭先講的赫話，我心肝內偌歡喜妳敢知？阿章青瞑娶彼個北仔查某，實在予我誠清心，將來穩當是後生綴新婦走，毋免數想伊會來有孝父母。槌哥若誠實有福氣佮妳湊陣做、湊陣食，有妳這個捌世事的好新婦，是阮祖龕內的祖公祖嬤佇保庇啦！」烏番婆說後，緊緊地握住春桃的手，內心的興奮，難以用言語來表明。

「烏番婆啊，雖然我毋捌的世事抑擱誠濟，但是我會誠心誠意來對待恁，也會佮槌哥互補長短，認真搰力來作穡。無管鄉里人的看法怎樣，抑是講歹聽的閒仔話，我毋爾會去計較，對今仔日講過的話也永遠𣍐後悔。若誠實有緣佮槌哥湊陣食糜，槌哥這房的香火一定𣍐去予伊斷去，而且嘛會使仝時兼顧兩爿的香火。」

「春桃啊，今仔日聽到妳講的這話，比我日前佇娶新婦請人客抑擱較歡喜萬百倍，毋爾兩爿的祖公有靈顯，我相信阿生佇天頂，也會成全佮保庇恁！」烏番婆激動地說。

春桃已難忍內心激動的情緒，竟跨上前，緊緊地抱住烏番婆，復伏在她的肩上，低聲地啜泣著。而歷經人生多重折磨的烏番婆，隱藏在心中的亦有太多的感觸，除了一下下輕輕地拍著她的背，竟也傷心地淚流滿面……。

5

烏番嬸與春桃雖然有了默契，但並沒有急著付諸行動，也沒有把她們的想法告訴槌哥，似乎別有用心，要讓他們慢慢地培養感情。因此，烏番嬸經常藉故要槌哥到春桃家幫忙。實際上他們兩家的田地可說都同在一個山區，田疇之間相隔的亦只是一道田埂，每天為了耕種幾乎都可以在山上見面，如果有需要更可就近相互幫忙。而槌哥幫春桃擔糞挑肥或耕作已非第一次，村人都知道他們兩家是多年的好鄰居，如今阿生已過逝，留下她們母女相依為命，烏番嬸竟能適時伸出援手，在自己繁忙的農務下還要兒子給予這個弱女子必要的協助，她的寬宏大量的確受到不少村人的讚揚。但此時她們心中的想法，以及彼此之間的默契，卻只有她們兩人知道。

歷經多年的鍛練和調教，逐漸地，槌哥農耕的本事已非昔日的吳下阿蒙，雖然動作仍嫌遲鈍，但大凡犁田、播種、施肥和收穫，幾乎都難不倒他。甚至生活方面亦能自理，不必凡事假手他人，倘若跟以前相較，簡直判若兩人，讓烏番嬸備感欣慰。尤其他身體魁梧，力氣又大，一般人挑兩畚箕地瓜回家已是氣喘如牛，但他則挑兩籮筐而氣不喘；別人家挑一擔水肥上山，每走一段路總要放下擔子休息一會始能抵達田裡，而他卻能健步如飛不必休息直達田疇，村人都說他「戇人有戇力」。然而，不管這句話是揶揄或誇讚都無關緊要，如果說上蒼要以此來彌補他身心上的缺陷倒是真的，因為「戇人」不僅有「戇力」，亦有「戇福」；「天公疼戇人」更是流傳千古的俗諺。

即便槌哥經常來幫忙，但春桃從未把他當成工人來使喚，甚至惟恐他使用過多的力氣易渴又易餓，每次都備好茶點帶上山，每耕作一段時間，都會主動地要他休息、喝茶、吃點心。而春桃的語氣總是那麼地親切柔和，儘管槌哥的智商較低，但好與壞、善與惡，焉有分辯不出之理，因此他勢必能感受到春桃對他的關心。

那天，槌哥上山幫春桃「掘園邊」，只見他揮動著「三齒」，把田埂下方伸長到田裡那些頑強的雜草，連根帶莖一一地挖除，復把泥土鬆掉，再順手把它扔到田埂上，以免妨礙週邊作物的生長。看來簡單的掘園邊，實際上不比擔糞挑肥輕鬆。它既要彎腰，又必須使力，年紀稍微大一點的作穡人，一旦上山掘完園邊，回到家後不是腰痠，就是背痛，每每都是疲累不堪。即使槌哥年輕力壯，則依然汗流浹背，有時竟也把三齒柄靠在胸前，脫下斗笠朝自己的臉部扇扇熱。

「槌哥，來園頭歇睏啉茶啦。」春桃柔聲地喚著，並逕行地為他倒了一碗茶，取出幾塊餅乾。

「妳—妳—妳先啉，我這—這逝掘—掘—掘好就來。」槌哥回應著說。

「歇睏啉茶才擱掘啦。」春桃催促著說。

槌哥把三齒靠在田埂邊，脫下斗笠邊走邊扇著，當他走上田埂，春桃趕忙把茶遞上。

「來、來、來，緊坐落來歇睏、啉茶、食餅，沓沓仔才擱掘啦。」

「春—春桃啊，妳誠—誠夠工，予—予我誠歹勢。」槌哥接過茶，客氣地說。

「歹勢的是我啦，這幾年來，若毋是你不時來共我湊相共，憑我這個查某人，實在無才調通作赫爾濟的穡。」

「春—春桃啊，妳若無—無嫌我跤—跤手慢鈍，共—共—共阮俺娘講一聲，我著會使來—來—來共妳湊相共。」槌哥誠摯地說。

「槌哥，我知影你是一個有孝囝，啥物事志攏會曉先尊循序大人，像你這種做法就著啦。」春桃誇讚他說，卻也發現到一個問題，「槌哥，我講一項事志你毋通受氣好毋？」

「妳註—註—註妳講。」

「你物事會重句，你敢知影？」

「我—我—我哪會知。可能是—是—是爸母生成得。」

「毋是爸母生成得，是你講話傷過緊啦。」

「敢—敢—敢有影？」

「你一句一句沓沓講，毋通趕緊，自然著𣍐重句。」

「我—試—看—覓。」槌哥一字一字慢慢地說。

「著，著是按爾。」春桃興奮地。

「妳—較—早—哪—無—共—我—講。」

「較早無想著赫濟，我今仔日共你講的，你著好好記囥心肝內。」

這陣擱共你講一遍，一句一句沓沓講，著𣍐重句啦。」春桃說著，順手拿了一塊餅乾遞給他，「先食一個餅，腹肚才𣍐枵。」

「妳——嘛——著——食。」槌哥同時取了一塊遞給她說。

春桃接過餅乾後微微地笑笑，情不自禁地看著他那張敦厚樸實的臉，以及古銅色的肌膚和粗壯的手臂。不錯，歲月讓他磨難，卻也讓他成長，一個被村人譏為戇人的槌哥，一個曾經讓父母不放心的戇囝，如果能得到老天爺多一點關注，他的人生勢必會從此改觀。一旦兩人真能生活在一起，往後不愁沒有厚實的臂膀可依靠。雖然她是一個死了丈夫又有一個女孩的小寡婦，對未來的人生理應不能有太多的冀求。然而，當槌哥出現在她的面前而有更多的接觸時，她的想法卻突然地改變，倘若帶著女兒去改嫁，對方說不定也是一個有子有女的鰥夫，誰也不能保證此生能幸福。而一般男人會娶她這個帶著拖油瓶的黃臉婆為妻嗎？那似乎是不可能的。若真能與槌哥生活在一起，即使他的智商不及常人，但以他種種作為來看，似乎也不必太悲觀，往後的日子絕對會較踏實。況且，烏番嬸的想法跟她不謀而合，有了她老人家的承諾，她人生中的第二春絕對是指日可待。

「春—桃仔，妳咧—想—啥物？哪會—規晡—戇神—戇神。」榿哥看看她笑著問。

「我佇想，咱若是一家人，毋知有偌好。」春桃笑著說。

榿哥竟然搖搖頭。

「你物事搖頭？」春桃不解地。

「鄉—里—人—攏—講—講我戇，叫—我—榿哥，咱—若—是一家人，妳—會—予我拖累著。」榿哥竟然自卑地說。

「這陣的你，會使講佮較早的你，完完全全無仝了了。較早你有影戇戇，講話除了重句，又擱臭奶呆臭奶呆，啥物事志嘛攏嬒曉，才會予人看無通起。今仔日你榿哥這個外號，雖然逐家叫習慣一時無法度通改，但是人的名是方便予人稱呼，嘛有人叫豬屎、牛屎、豬哥、馬哥。名叫聰明，無一定巧；名叫天才，無定著是一個憨人。認真講榿哥這個名字，叫起來嘛誠順口擱好記，你毋通想傷濟啦。尤其你這陣毋爾會曉作穡，又擱認真搰力，對序大人嘛誠有孝，捌的世事愈來愈濟，若是共重句沓沓改起來，敢抑擱有啥物通嫌得。講實在得啦，咱若是一家人，我會感覺誠光榮。」

「春桃啊，我—敢—有—親像—妳講的—按爾？」槌哥疑惑地說。

「槌哥，予你講、予你講，我春桃敢捌騙你？」春桃激動地反問。

「毋—毋捌啦，」槌哥愜意地笑笑，一緊張，舌頭竟然又打結，

「阮—阮—阮俺娘—不—不—不時咧—咧—咧講……。」

「你看、你看，」槌哥還未說完，春桃搶著說：「一句一句沓沓

仔講，毋通講相緊，講相緊著會重句。」

槌哥不好意思地看看她。

「你講恁俺娘不時咧講啥物？」春桃好奇地問。

「伊—阿—咾—妳—會曉—做人，又擱賢慧—捌—世事。」槌哥

慢條斯理地說。

「敢有影？」春桃難掩內心的喜悅，故意問。

「有啦。」

「我若是像恁俺娘講的按爾，你有歡喜無？」

「有啦。」

「後次恁俺娘若是欲予咱兩個湊陣作穡、湊陣食糜，你敢有歡

喜？」

「妳—欲—煮糜—予—我食，是毋？」槌哥睜大眼睛看著她，不解地問。

「我毋爾欲煮糜予你食，嘛欲共你洗衫褲。」春桃認真地說。

「敢—有影？」槌哥興奮地，「妳—妳—妳毋—毋通—通—騙我。」

「我𣍐騙你啦，」春桃嚴肅地，卻也不忘再次地提醒他說：「話著一句一句沓沓講，毋通趕緊，若無著會重句。」

「春—桃仔，誠—歹勢，妳已經—共—我—講誠濟遍啦，可惜—我—一時—抑擱—改𣍐—過來。」槌哥歉疚地說。

「你看，短短的時間，你已經無像較早咧—咧—咧—咧重句啦。」春桃說後，情不自禁地笑了出來。

「妳—佇—笑我，是毋？」槌哥收起了笑容。

「我毋是咧笑你，是佇提醒你啦！」春桃連忙解釋著。

「毋—通—擱—滾笑啦，這—喙—茶—啉完，通—緊—擱來去—掘園邊。」槌哥正經地說。

「毋通𫞼記得我欲煮糜予你食，嘛欲共你洗衫褲，知影毋？」春桃再次地說。

「阮——俺——娘——若——點——頭，春桃——仔，我著——會——使——來去——揣妳——食糜。」

「恁俺娘點頭才會準算得，著毋？」

「著！」槌哥鏗鏘有力地說。

「槌哥，你誠實是一個有孝囝，我無看毋著人。」春桃興奮地，「等有一日，我若煮糜煮熟了後，才先添一碗予你捧去飼恁阿爸，等你飼伊食飽，咱才佮恁俺娘參阿秀啊，四個湊陣食。槌哥，你講按爾有好勢無？」

「春桃——仔，阮——俺娘——無白白——呵咾妳，妳——攏會——替別人——想。我共——妳講——實話，我——無食糜——𫞼要——緊，阮爸——的腹肚——𫞼使——予伊——枵得。」

春桃聽到槌哥如此地說，感動的淚水幾乎快要掉落下來。想不到當年被歸類成戇人，復又被譃稱為槌哥的孩子，即使長大後並未受到常人般的看待，然而，對於臥病在床的父親，對於一生勞碌的母親，竟能源自心靈深處，充分地展現出為人子女的孝道，的確讓人刮目相看。相對於其受過高等教育的哥哥，怎能與他相媲美。而自己何其有幸，在丈夫去世頓失依靠時，竟能獨具慧眼認識這個被認為是槌哥的男人，而這個男人絕對是她往後的依靠。倘若美夢真能成真，她勢將以一顆誠摯之心，無怨無悔地為兩個家庭而盡心盡力。儘管她已得到烏番嬸的承諾，但也必須同時擄獲槌哥的心，方能讓夢想早日實現。

而讓她意想不到的是，槌哥長年的口吃，竟真的在放慢說話速度上獲得改善，雖然性急的人聽到他慢吞吞的語氣感到難受，但總比結結巴巴的話語重疊好上百倍。但願不久的將來，他能和正常人一樣，不再是戇人，不再受到世人的歧視，而槌哥亦僅僅只是他的綽號而已，只因為他並非先天的智障，而是小時候受到腦炎病毒的影響。故而，她冀望夢想中的第二春，能早日降臨在她的身上，雖然她的想法有時會讓自己感到臉紅，可是她是人，是一個死了丈夫的寡婦，她那顆寂寞卻又熾熱的心，何嘗不需要男人的撫慰？一個既要上山耕作又要撫養孩子的弱女子，難道不需要找一個厚實的臂膀做依靠？因此，不管外人的看法如何，她追求幸福的意志不會改變，而槌哥則是她心中不二人選。況且他從未結過婚，至今仍是俗稱的「在室男」，如不是他智能稍嫌不足，想必是不會娶她這個寡婦做妻室的。即使兩人的年齡差不多，但在早婚與失去夫婿的打擊，以及過度勞累的情況下，她的精神和體力不僅沒有槌哥好，從外表看來亦比他蒼老許多，將來一旦生活在一起，不明就裡的人或許會誤認她是「某大姊」。然而，她已無心顧慮到那麼多，只要她和槌哥高興就好，其他又何須庸人自擾呢？春桃想著、想著，情不自禁地打從心靈深處，湧出一絲幸福、甜蜜又喜悅的微笑……。

6

阿生忌辰的那天，春桃大碗小碗煮了好幾樣菜，連同一大疊紙錢，幾乎擺滿了整張供桌。她事先亦已交代烏番嬸，要她是日中午不必煮飯，待她拜過後大家再一起吃。烏番嬸也特別要槌哥到春桃家，幫忙端菜和焚燒紙錢。當一切準備就緒，春桃點燃一炷香，對著亡夫的神主牌位口中唸唸有詞，不知向他述說著什麼。或許，除了祈求他保佑一家大小平安外，似乎也必須請他寬恕，為了免予讓先人遺留下來的田園荒蕪，為了孩子未來的前途和希望，為了自己寂寞的心靈能得到撫慰，她已不能為他守一輩子的活寡。不久的將來，她將和同村隔鄰的槌哥生活在一起，但請他放心，每逢年節或是他的忌日，她依然會準備豐盛的菜餚來祭拜他；當然，還有大疊的紙錢，好讓他在陰間花用。

「阿秀啊，緊來拜恁老爸，伊才會保庇妳。」當春桃把手中的線香插進香爐後，囑咐一旁的孩子說。

阿秀雙手合十，不停地說著「保庇、保庇，保庇、保庇。」而到底想保庇什麼，則是茫然無知，因為父親的影像在她幼小的心靈是糢糊不清的。然而，想不到她拜完後，竟天真無邪地對著槌哥說：「阿叔，換你拜啦。」

槌哥看看春桃，一時不知如何是好。

春桃走上前，為他燃上一炷香遞給他說：「槌哥，你共阿生講，講你欲共我湊作穡，共我湊飼囝，咱欲湊陣食一世人，叫伊毋免煩惱，著保庇咱。」

槌哥接過香，站在阿生的神主牌位前，目視著掛在祖龕右上方的阿生遺照，而相框裡的阿生，彷彿也正盯著他看，臉上非僅沒有笑容，甚至還有一點怒意，也因此而讓他開不了口。

「講啊，𣍐要緊啦！」春桃催促著說。

「我驚——阿生兄——會——無歡喜，會——受氣。」槌哥有所顧慮地說。

「是伊欲無良心，放某放囝註伊去，放我這個歹命查某佇這咧勞碌。伊毋敢無歡喜啦！」

「阿叔，講啦、講啦，」阿秀拉拉他的衣服說：「阮阿母伊講𣍐要緊啦！」

「阿生仔，春桃—母仔囝，我會—誠心—誠意—來照顧，你毋免—煩惱啦！」槌哥說後把香插進香爐裡，復舉頭再看看阿生的遺照，想不到此時的阿生，方才的怒氣似乎已消失，懸掛在嘴角的，竟是一絲欣慰的笑靨。神妙啊，槌哥的心中，隱藏著一份難以言喻的欣喜。

燒完紙錢拜過後，春桃盛了一碗炒麵，又夾了好些魚肉放在上面，貼心地對槌哥說：「這碗麵你先捧去飼恁阿爸。」

「春桃啊，妳添—這碗—赫大碗，又擱—赫好料，阮爸伊—食獪完啦。」槌哥接過後說。

「罕得幾時有好料通予老歲仔食，你毋通趕緊，一喙一喙飼伊沓沓仔食。」春桃囑咐著，「等伊食飽，你才佮恁俺娘湊陣來我這食。」

「歹勢—啦！」槌哥客氣地看看她說。

「有啥物通歹勢得，三八！」春桃白了他一眼，笑著說。

「春桃啊，歹勢是—加講得啦，著毋？」槌哥笑著說，「等阮俺娘—若點頭，咱著欲—湊陣—作穡，湊陣—食糜，著無？」

「著、著、著，就是按爾啦！你敢有歡喜？」

「妳—講咧？」槌哥竟然反問她，樂得春桃哈哈大笑。

槌哥回到家，趕緊把那碗麵放在大廳的桌上，迫不及待地走進父親的房間，小心翼翼地扶起父親，讓他靠在床頭，並告訴他說：

「阿爸，今仔日—是春桃佃阿生—做忌，春桃—煮真濟—好料的—物件，叫我捧來—予你食。」說後先夾了一塊肉，「阿爸—你喙展—展開，先食一塊肉—才食—魚，抑擱—有麵，嘛有—米血—炒蒜仔。」當他把肉送進父親的嘴裡時，又關心地囑咐著，「阿爸，你著—沓沓仔—食，沓沓仔—哺，哺予幼—才吞落，才𣍐—去予哽著。」

烏番叔目無表情地看著他，嘴則不停地咀嚼著，當槌哥夾著一口麵往他嘴裡送時，然而不知是否太大口，竟讓他噎到。只聽他連「咳」了好幾聲，嘴裡的食物也同時噴了出來，而不偏不倚，噴了槌哥滿面都是。可是槌哥並沒有怪罪父親不小心，反而快速地把碗放一旁，伸手抹去臉上的穢物，就趕緊扶著他，用手輕輕地拍打父親的背部，關心地問：「阿爸，你有去予—哽著無？有去予—哽著無？」一直拍到他止咳才停手。

槌哥又小心翼翼地讓父親靠在床頭，清理完穢物後始重新餵他進食，但也毋忘再次地提醒父親，「阿爸，你著──沓沓仔──哺，沓沓仔──食，毋通──擱予──哽著。」

烏番叔以無神的眼力看看這個戇囝，如果沒有這個戇囝不厭其煩地侍候，想必他早已去「蘇州賣鴨卵」。然而，只要他多活一天，老伴和戇囝則必須多承受一天的苦難；即使他不願意見到如此的情景，但卻也是一件無可奈何的事。尤其是華章那個孽子，他和老伴節衣縮食供他到台灣讀大學，原以為他學成之後，能成為這個家的支柱和依靠。想不到、想不到、想不到、想不到的事情幾乎一籮筐，當老伴向他抱怨時，他既不能言，也不能語，只有徒增自己的氣憤。反而是槌哥這個戇囝，原以為要靠人照顧一輩子，想不到這幾年來，他不僅擔負著田裡的大部份工作，對於臥病在床的父親，亦展現出無可取代的父子親情，貼心地侍奉他的生活起居。除了餵他進食，亦要處理他的排泄物，他的孝心在這個現實的社會上是極其少見的。老伴告訴他，受限於孩子的智能，在不能幫他找到合適的對象時，一旦真能和春桃生活在一起，也是一種不錯的選擇。雖然春桃是有一個孩子的寡婦，但她不僅勤奮賢慧，對於人情世故亦有其獨到的一面。而槌哥雖然頭腦簡單，但身體強壯力氣也不小，是一塊作穡的好料子，兩人正好可以互補長短。當他們對華章那個孩子失去指望的時，這個家只好依賴身旁這個戇囝來支撐。

「阿爸，你哪會—戇神—戇神，喙內彼塊肉—又擱哺—規哺，是毋是哺—無法得？」槌哥關心地問。

烏番叔微微地搖搖頭，喙裡的食物也同時嚥了下去。

「阿爸，這塊魚—先食落去，才擱—食麵。」槌哥說著，門外則傳來母親的聲音，「槌哥啊，恁爸食飽未？春桃咧等咱欲去食呢。」

「俺娘，阿爸睹無幾喙—著食完啦，你先去，我—稍等得著來。」槌哥說。

「哪會一頓糜食規晡？」烏番嬸走進房裡問。

「阿爸—有去予—哽著啦。」

「有要緊無？」烏番嬸關心地。

「我有輕輕仔拍拍伊的加脊，𣍐要緊啦。」

「睹彼喙爾爾，清啦，莫擱予食。」烏番嬸說。

「阿爸，你─食有飽無？」槌哥問父親說。

烏番叔微微地點點頭。

「俺娘，妳先行，我提面巾─共阿爸─拭喙箍，拭好─我著來。」槌哥說後取來毛巾，輕輕地為父親擦拭嘴邊的口水和殘留物，然後扶他躺好說：「阿爸，你食飽─倒咧眠床─歇睏，我欲來去─揣春桃食啦。」

烏番叔微閉著眼默許著。

槌哥來到春桃家，烏番嬸、春桃和阿秀啊已坐在椅上等候。看到滿桌的佳餚，即使他早已飢腸轆轆，但他已沒有之前不懂事時，見到食物就狼吞虎嚥，反而端起母親的碗說：「俺娘，我共妳─添麵。」隨後用筷子為母親夾了一碗麵，放在她的面前，「俺娘，妳沓沓─食。」春桃目睹此情此景，想不感動也難啊！雖然這是一個微乎其微的小動作，但是又有多少頭腦靈光的子女能身體力行的呢？父母好不容易把孩子拉拔長大，長大後置父母於不顧者多如鳳毛麟角，想不到眼前這個被稱為槌哥的男人，竟有如此的孝心。當他端起阿秀的碗，想為她夾麵時，春桃趕緊擋下。

「槌哥，阿秀啊予我來添著好，時間無早啦，你腹肚一定誠枵，無啥物好料得，你愛食啥物著食啥物，千萬著食予飽，毋通客氣。」春桃招呼著說。

「𣍐啦，我𣍐─客氣。」槌哥說後看看母親，又轉向春桃，「我會記咧妳的話啦，有一日─阮俺娘若是─點頭，咱著欲─湊陣做─湊陣食，著毋？」

槌哥話剛說完，春桃的雙頰就猶如桃花般地嫣紅，一旁的烏番婚也被孩子突如其來的話，樂得哈哈大笑。而後指著他說：「你這個戇囝仔，春桃共你講的話，記囥心肝內著好，毋通四界講啦！」

「咱攏─毋是外人，無啥物通𣍐使講得。」槌哥說著轉向春桃，「春桃啊，予妳講─我講的著毋？」

或許有烏番婚在座而顯得不好意思，春桃竟嬌羞地紅著雙頰笑而不答。然而其內心的興奮焉能逃過烏番婚的目光，之前雖然只是她們兩人之間閒談取得的默契，而今她親眼目睹槌哥亦有如此的意願，內心的興奮可說與春桃沒有兩樣。有春桃這個捌世事卻又賢慧的女人和他生活在一起，身為這個戇囝的母親，還有什麼不放心的呢？彼時替他擔憂的種種事端竟在此時一掃而空。

「阿叔，你欲共阮阿母湊犁園、湊作穡，著無？」阿秀看到大人那麼高興，竟插嘴說。

「妳有─歡喜無？」槌哥摸摸她的頭問。

「阮阿母若歡喜，我著歡喜啦！」阿秀天真地說。

「阿秀啊─有乖，阿叔會─疼妳啦。」槌哥再次地摸摸她的頭，復夾了一塊肉放在她的碗裡，「來，這塊肉─予妳食，食肉才會─大漢；大漢通─讀冊。」

「槌哥，你是咧出氣勞力作穡呢，魚肉著夾去食，才會有氣力。」春桃說著，竟夾了好幾塊肉放在他的碗裡。

然而槌哥並沒有獨吞，挑了一塊瘦肉放在母親的碗裡，「俺娘，一塊赤肉予妳食。」又夾了一塊給春桃，「春桃啊，妳嘛著食。」可說是面面俱到。如此之槌哥，怎麼能再說他槌、再說他戇？甚至比起一些目中無人、高高在上的小輩強多了，也因此而讓春桃更加地滿意。往後一旦和他生活在一起，絕對不會有後顧之憂，幸福的人生歲月亦是指日可待，她衷心地冀望這一天的到來。

雖然塵世凡間，諸事隨時都有變化的可能，但她始終相信，有了烏番叔的默許，有了烏番嬸的加持，有了女兒的認同，他們兩人日漸升溫的情愫，絕對禁得起歲月的考驗。同時，她和烏番嬸的看法也相同，她和槌哥之間的事必須盡量地低調，以免徒增不必要的困擾。即使寡婦門前是非多，可是一個是娶不到老婆的槌哥，一個是需要男人臂膀做依靠的寡婦，兩人將同甘共苦相互照顧，並以誠摯之心孝順長輩，往後兩家香煙有人來奉祀，先人遺留下來的田園有人來耕作，設想如此之週到，又有誰敢於反對呢？果若他們的美夢能成真，村人非僅不會閒言閒語，甚而還會給予掌聲和祝福。

7

時光在不知不覺從人們的指隙間溜走，不知是否槌哥的孝心感動了天地，還是烏番嬸家燒好香，抑或是有春桃愛的滋潤，槌哥竟在這段時間裡，有了讓人意想不到的重大改變。無論其言談或行為舉止，簡直判若兩人，彷彿在驟然間成熟了，智慧也全開了。雖然從外表看來仍有一點槌槌，可是其他方面則與常人毫無兩樣，不能不說是一個奇蹟。即使諸至親好友和村人都難以置信，但事實就擺在眼前，又有什麼好懷疑的。可是，儘管槌哥和春桃兩家已融合成一家，然而卻只限於湊陣做、湊陣食，並沒有湊陣睏。槌哥依然和父親同住一個房間，以方便照顧他老人家的生活起居。並沒有因有了春桃，而置臥病的父親於不顧，或對母親疏於照應。人在做，天在看啊！這句俗話無時無刻不在槌哥腦裡激盪著。

自小因故沒有受過教育的槌哥，儘管有了重大的改變，但仍舊是現時代的「青瞑牛」，故而，他非常地認命，把全部精力都放在農耕上。他與春桃兩家的田地加起來少說亦有幾十畝，於是他挑選土壤較濕潤的田地種芋頭，較肥沃的田地輪流種花生或高粱，一般的旱田則用來種地瓜，把田地重新做最妥善的規劃和利用，甚至還餵養不少家畜和家禽。即使每天忙碌異常，但如果沒有付出辛勞的代價，焉能獲得甜蜜的果實。因此，每年販賣農作物以及家畜家禽的錢，累積起來也是一筆可觀的數目。尤其有春桃當幫手更是如虎添翼，可是他卻捨不得她太勞累，粗重的工作幾乎都是一肩扛。然而，無論田裡有多忙，一到太陽中掛或西下，他必須趕回家替臥病在床的父親餵食，以及幫他清理排泄物。春桃深知他的孝心，亦不想增加烏番嬸的負荷，每每都會提前回家煮飯、炒菜，並盛好等他回來，以善盡為人媳婦之責。儘管彼此都為家庭而忙碌，但一家大小和樂融融，每人的臉上幾乎都洋溢著幸福的笑靨，惟有臥病在床的烏番叔每況愈下。

槌哥和春桃湊陣做、湊陣食，已是眾所皆知的事，村人早已見怪不怪，甚至早已習慣成自然。可是他們卻始終沒有一個正式的名份，長久下來也不是一個妥善的辦法，萬一將來生下一男半女，不就要成為私生子女。於是為了能讓他們兩人成為一對合法的夫妻，不得不有一個公開的儀式。烏番嬸經過深思熟慮，以及和村長商量的結果，決定辦幾桌酒菜邀請村中長老和少數至親作見證，然後把春桃和阿秀的戶口遷入，成為名符其實的一家人。烏番嬸也特地把古厝的房間重新作了一番整理，並把烏番叔的床鋪移到「櫸頭」，原先的東廂房好讓他們夫妻倆睡，況且廂房與櫸頭只間隔著一道「巷頭」，槌哥亦可就近照顧父親，阿秀則和她同睡在西廂房裡。

儘管槌哥和春桃湊陣做、湊陣食已有一段時日，而兩人基於生理上的需要，亦曾偷偷地親密過，但卻未曾公然地同睡在一張床鋪上。槌哥正值壯年，春桃則是一個成熟的女人，兩人若能同在一張床上繾綣纏綿、纏綿繾綣，何嘗不是他們夢寐以求的呢？何況槌哥已非昔日的戇人，當他嚐到春桃給予他的甜頭後，內心的興奮簡直難以用語言來形容。在繁忙的農事中，在保守的農村裡，他依然冀望著黑夜早點來臨，當安頓好父親就寢後，好讓他摟著春桃一覺到天明。

那晚侍候好父親，槌哥和春桃關上房門準備睡覺時，但卻沒有一點睡意，於是兩人倒在床上閒聊起來。

「槌哥，你實在有夠勇得，一日作穡作半死，倒落眠床又擱想空想縫，敢𣍐傷疲勞？」春桃輕輕地擰了他一下臉頰，笑著說。

「春桃啊，較早有較戇啦，頭殼想的是佮妳湊陣做、湊陣食，完全無想著會使佮妳湊陣睏。咱這陣已經是一對合法的翁仔某，兩個睏咧一張眠床頂，三不五時擱會使來親熱親熱、溫存溫存得，予我得著真大的安慰。春桃啊，講實得，我毋爾𣍐疲勞，每一次佮妳親密過後，毋知物事，我的精神感覺擱較好。」

「敢有影？」春桃興奮地問。

「我𣍐騙妳啦。」槌哥誠摯地說。

「可能睏久著無稀罕啦，食老嘛會予你嫌。」

「我𣍐按爾想啦！咱兩個會當湊陣做、湊陣食、湊陣睏，講起來也是一種緣分，食老擱較著互相照顧，親像俺娘照顧俺爸彼一樣。」

「槌哥，想𣍐到你捌的道理赫濟，實在予我誠意外。」

「我該已嘛想𣍐到，聽俺娘咧講，我細漢的時陣毋爾戇戇，又擱戇戇，不時咧予人欺負。大漢時嘛毋是誠精光，講話又擱會重句，是一個標標準準的戇哥。想𣍐到從阿生兄死去了後，阮俺娘三不五時叫我去共妳湊相共，受到妳春桃的開竅，佮該已沓沓來體會，這陣毋爾𣍐重句，而且嘛捌淡薄仔世事。有時我該已咧想，除了著感謝妳，我相信將來咱若是生囝，一定𣍐戇戇，也𣍐戇戇，會親像阮阿兄赫爾巧，去台灣讀大學。」

「戇哥，你毋免感謝我啦。若毋是你細漢的時陣發燒，你定著會親像恁阿兄赫爾巧，讀真濟書，若是按爾你著會去娶別的查某。話擱講倒來，若毋是阿生早死，咱也𣍐湊陣做、湊陣食、湊陣睏，最後結成翁某。會使講啥物攏是緣分佮命啦。戇哥，你講的無毋著，因為你毋是先天的戇，是生出來才受到影響，將來咱生的囝，一定𣍐戇戇，也𣍐戇戇，無定著大漢會做大官、趁大錢！」

「春桃啊，咱毋是不時咧親熱，物事抑擱無看著妳的腹肚大起來？」戇哥不解地問。

「這種事志誠歹講，嘛毋是不時咧親熱著會大腹肚，著看時機是毋是有拄拄仔好。莫趕緊沓沓來啦，毋通𣍐記咧，咱抑擱少年，若親像你赫爾勇，又擱赫爾有擋頭，無定著年頭生一個，年尾又擱生一個，到時看你欲用啥物來飼囝？若著抱去寄和尚飼，彼聲著見笑啦！」

「妳毋免煩惱啦，若親像咱這陣赫爾拍拚，毋爾飼會飽，嘛有才調通培養。春桃啊，咱應該著較常親熱得，趁少年緊加生幾個仔，有的通顧咱這爿，有的通顧阿生彼爿，兩爿的香火攏𣍐使予斷去，才對祖公有一個交代。」

「槌哥，講著眠床頂彼項事志，你是閬時無閬日，我是強欲擋𣍐牢，敢講你抑擱無夠氣？」春桃笑著說，復又嚴肅地，「講笑規講笑，你想的無毋著，做人𣍐使自私得，雖然阿生已經去做佛，阿秀啊又擱是一個查某囡仔，將來咱若是生兩個查甫得，一個顧彼頭，一個顧這頭，兩爿的祖公攏著顧，傢伙各人得，才𣍐予人講閒話。」

「咱兩個的想法差無偌濟，實在著加生幾個仔，才對得起兩爿的祖公。」槌哥說後，一把把春桃摟進懷裡，輕聲地說：「春桃啊，時間抑早得，咱擱來溫存一下好毋？」

「三八，這種事志著擱問，每一次我若講毋、喊倦，你嘛是強強共我騎起，有時予你疊佫強欲獪喘氣。」

「白賊，有時我明明聽著妳怦怦喘，又擱哼哼呻。」

「槌哥，你欠拍是毋？」春桃不好意思地擰予他一下臉頰，「正經話毋講，專門講講彼五四三得。這項事志毋通講予人聽著啦，若無會見笑死。」

「妳承認啦，著毋？」

「我咧想，你較早一定是無戇假戇、無槌假槌，若無者，你這陣物事會赫爾跳鬼？」

「我較早若無戇、無槌，妳春桃獪數想欲佮我湊陣做、湊陣食，著毋？」

「你也毋是我腹肚內的銀蟲，物事會知影我的想法？」春桃頓了一下又說：「你講予我聽看覓，看你講的是著、抑是毋著。」

「第一、戇人伊有戇力，通共妳湊作穡。第二、戇人伊獪走，會永遠守佇咱祖公留落來的田園厝宅。第三、戇人伊會戇戇仔做、戇戇仔食，獪佮人計較。第四、戇人伊會做馬予妳騎，予妳年頭生一個，年尾又擱生一個……。」

「槌哥，你是存心欲予我笑死是毋？」春桃又輕輕地擰了他一下臉頰，並同時笑出聲來。

「若會當講予妳喙笑目笑、歡歡喜喜，翁仔某湊陣毋才有趣味。若是倒咧眠床頂，一人變一面，講無三句話，按爾的翁仔某著無啥物意思啦。」

「槌哥，人生真濟事志實在予人想𣍐到，你這陣會使講佮較早無仝了了，你敢會後悔佮我這個死翁的查某結翁某？」春桃突然有所疑慮地問。

「妳毋通想想赫濟，啥物攏是一種緣分，既然有緣結成翁某，著是欲湊陣一世人。你較早無嫌我戇、無嫌我槌，誠心誠意欲佮我湊陣做、湊陣食。雖然我這陣有較捌世事，可惜猶原是青瞑牛一隻，嘛毋是誠精光。憑妳春桃的範勢，阿生兄過身了後，若是橫心欲擱去嫁，毋免驚無人欲。但是妳為了欲顧祖公祖嬤佮田園厝宅，才會選擇留佇這個鄉里，揣一個妳認為較妥當的查甫人佮妳湊陣做、湊陣食，想𣍐到我槌哥會赫爾好運予妳選著。咱會有緣結成翁某，好親像是天公祖的安排。春桃啊，妳千千萬萬毋通想想赫濟，咱著感謝天、感謝地！」

「槌哥……。」兩顆感動的淚水已滾落在春桃的腮上。

「艙使流目屎得，」槌哥拭去她的淚水，復緊緊地把她摟住，又低聲地在她耳旁深情地說：「目屎拭予焦，我來做馬予妳騎……。」

夜，深了。

門外雖有啾啾的蟲聲，屋裡則有槌哥騎著馬兒，奔馳在那片青青草原的喘噓聲。而是否有聲勝無聲？還是無聲勝有聲？抑或是聲聲都激動著他們的心扉？或許，只有置身在其中的人，始能領會到幸福的甜蜜滋味。

夜，更深了，騎馬的人兒也累了，馬兒又何嘗不需要休息呢？於是，黑夜籠罩著大地，大地冀望著光明，人生不就是黑暗與光明交錯而成的嗎……。

8

儘管俗話說「久病無孝子。」可是烏番叔臥病在床多年，槌哥不僅展現出為人子女之孝道，盡心盡力來侍候積勞成疾的父親，甚至把屎把尿亦毫無半句怨言。然而，烏番叔還是敵不過病魔的摧殘，終因多重器官衰竭，在一個淒風苦雨的秋夜裡，走完他人生的第六十七個春天。而他的去世，最傷心的莫過於槌哥。從烏番叔與死神搏鬥的那一刻起，到閉上眼嚥下最後一口氣止，幾乎寸步不離，日夜守在父親的身旁，為生他育他的父親，流下難以計數的傷心淚水，反而是烏番嬸和春桃兩人較冷靜。烏番嬸把手邊僅有的幾萬元交給春桃，並請人打電報給在台灣的大兒子華章，亦囑咐春桃準備「跤尾飯」。

當大廳鋪好「水床」，槌哥獨自把父親從「櫸頭」的眠床，抱到大廳的水床上，春桃則帶著水桶到門外那口古井打水，並依俗央請「井神」賜水給父親淨身。然而，一般替往生者淨身、理容，都是做做樣子，可是槌哥卻邊流淚，邊拿著剪刀替父親剪髮修鬍，並以簇新的毛巾，從頭到腳，小心翼翼地為父親擦拭著大體。尤其是父親生前大小便失禁，儘管每次他都不厭其煩地給予妥善的處理，但如今父親即將遠行，他必須更細心地把他擦拭得乾乾淨淨，好讓他穿上層層壽衣上西天。鄰人看到如此的情景，想不感動也難啊。在他大哥華章尚未回來奔喪、凡事不能與他商量時，攸關父親喪葬方面的諸多事宜，槌哥除了請示母親外，亦充分尊重來協助料理喪事的村人。並囑咐春桃先拿出一筆錢，交由主事者運用，好讓他們幫父親選購一具材質較好的「大厝」，以及請「師公」、請「古樂」、買「銀紙」、辦「祭桌」、租「棺罩」……等等。想不到數年前還是戇戇槌槌的槌哥，現下竟能面面俱到，處事有條不紊，擔負起這個家族男主人的責任，比起他那個在台灣「發達」的大哥，可說有過之而無不及，的確讓村人刮目相看。

臨出殯那天，華章才從台灣匆匆趕回來，而他那個眼睛長在頭頂上的「北仔某」，則不願回來送公公一程，雖然親友及村人感到錯愕，然則不意外。想當年他們結婚回來請客時，那幕大耍小姐脾氣而讓兩位老人家顏面盡失的情景，迄今仍然留在他們深深的記憶裡。倘若回來送終而再次地舊戲重演，想讓躺在棺材裡的烏番叔不生氣也難啊。況且，沒有大媳婦來送終，則有春桃這個二媳婦來「捧斗」，又有兩個兒子來「舉幡仔」，另有白亭、藍亭、紅亭與魂主轎來「湊鬧熱」，前來相送的親友綿延數百公尺，此生又有何憾？家祭過後，在師公的引導、在古樂的吹奏下，幫忙抬棺的村人緩緩啟步，一生勞碌的烏番叔，是否會帶著長媳不願回來相送的遺憾上山頭？還是有槌哥與春桃這對「有孝的囝新婦」為他披麻帶孝他已心滿意足？儘管有村人閒聊時加以臆測，但烏番叔死已不能復生，再多的推想似乎都不具任何意義，留給家人是無限的哀傷，留給親友是永恆的懷念……。

烏番叔喪事告一段落，而家事則剛啟幕。離鄉多年的華章，對於家鄉的民情風俗，以及喪葬禮儀等諸多事宜，非僅不瞭解，甚至當槌哥把父親的喪葬費用細目攤開在他面前時，他竟抱持著懷疑的態度提出置疑。

「一具棺柴三萬箍，敢𣍐傷離譜？你有記毋著無？」華章說。

「阿爸彼副大厝的材質是福杉，應該是行情價才著。」槌哥說。

「你嘛清彩講講得，台灣一具棺柴油漆油洛金噹噹，又擱輕輕仔四個人著會使扛得走，一具才七八千箍爾爾。你看阿爸彼副棺柴，油漆油洛烏趖趖，又擱重死死，用赫濟人來扛，一人著擱予伊一雙萬里鞋、一塊面巾、一包薰，這錢攏是加開得啦！」華章不屑地說。

「世俗事，誠濟事志毋是像你想得按爾啦，而且咱厝的風俗佮台灣又擱無仝款。」槌哥低調地解釋著。

「你欲開啥物錢，事先攏無佮我這個阿兄參詳，該己一個自作自專，無共我這個阿兄看咧目睭內。」華章責怪著說。

「你人伫台灣，阿爸的喪事又擱𣍐使拖得，我是欲怎樣佮你參詳咧？」槌哥有點激動，「講實在得啦，每一項事志我攏有問俺娘，而且咱嘛著尊重來共咱湊相共赫鄉親序大。」

「講講赫六空得，錢是咱的，咱欲怎樣開就怎樣開，敢會使予個來替咱拍算。」

「咱鄉里赫鄉親序大，無管好歹事志，攏義務共人湊相共有著，咱著信任人、尊重人，才𣍐對人歹勢。」

「你是咧教訓我是毋？」

「阿兄，你哪會按爾講？」

「這攤數是你經手得，你著一條一條算予我看、讀予我聽；若無者，毋免數想欲叫我出錢。」

「阿兄，按爾好啦，阿爸這攤是阿土伯共咱扞頭得，我來去請伊來共你解釋。」

「毋免！你共我解釋就好。」

失去老伴的悲傷心情尚未平復的烏番婸，在屋內聽到華章如此地無理取鬧，心中的怒氣再也按捺不住，於是她跨步走出來，責問華章說：「你是欲倒來送恁老爸？抑是欲倒來亂得？」

「俺娘，妳哪會按爾講？」華章理直氣壯地，「人講親兄弟明算數，我按爾問敢有毋著？」

「你著、你著、你著！你書讀咧加脊骿啦！」烏番婸氣憤地，「恁老爸做牛做馬佇拖磨，儉酸苦䘥培養你讀大學，你摸摸良心看覓，恁翁仔某敢有盡著囝新婦的責任？」

「我佇台灣嘛是認真咧拍拚。」

「你是為啥物人咧拍拚？敢是為這個家？敢是為爸、為母、為兄弟？你摸摸良心看覓，恁老爸破病倒咧眠床頂幾落年，你有寫一張批來關心伊無？你有寄一箍銀仔來飼伊無？枉費你是一個大學生啦！」

「阿爸有妳佮槌哥通照顧已經傷濟啦，毋免輪到我啦！」

「你講這種話敢有天良？敢毋驚去予雷公敲！」烏番婿氣憤難忍地說：「恁老爸若毋是你彼個戇小弟，暝日咧共伊飼糜，咧共伊捏屎捏尿，老早著去天頂做佛啦，敢有通活到今仔日等你這個有孝囝倒來送伊。」

「妳莫擱講講赫五四三得，好毋？老實講啦，今仔日槌哥哪無共赫數算予清楚，我是一箍銀攏毋出，到時毋通怪我不孝。」

「無咧稀罕，人咧做、天咧看！」烏番婿聲音震耳，「恁小弟雖然戇，但是戇囝毋爾會飼老爸，也有才調通埋老爸啦！」

「按爾上好！」

「你講有定無？」

「有。」

「毋通反悔？」

「嬒。」

「有種，有男子漢大丈夫的氣魄！今仔日是你這個有孝囝不仁，毋是我這個老母不義。恁老爸留落來的田園厝宅，你毋免數想欲得！」烏番嬸激憤地放話。

「啥物？俺娘妳講啥物？」華章緊張地，「老爸留落來的傢伙，伊的囝兒逐個攏嘛有份，物事單單我嬒使得？」

「我共你講白得啦，恁老爸的傢伙是欲留予生前飼伊的囝、照顧伊的囝、有孝伊的囝、買棺柴埋伊的囝！你這個書讀咧加脊骿的大學生，去徛冗恁祖公祖嬤的神主牌前好好想看覓，這幾點你陀一點做有到？」

「俺娘，話嬒使按爾講得，我嘛是阿爸佮俺娘恁生的囝啊，人講手心手背攏是肉，阿爸留落來的傢伙，我應該嘛有一份。」

「世間上應該的事志誠濟，你沓沓仔等，戇戇仔想啦！」烏番嬸不屑地說。

華章原以為目不識丁的家人，會屈服於他這個大學生犀利的言詞，經過他如此地一鬧，就可以不必擔負父親的喪葬費。而萬萬想不到，不識字的母親竟然會使出這個招數，的確讓他感到相當意外。即使目前這些貧瘠的土地都不值錢，但卻是不必花費半毛錢即可取得的囊中物，往後一旦時局好轉，政府勢必會引進財團來開發，屆時誰敢保證「狗屎埔」不能成為「狀元地」。因此，他豈能輕言放棄，讓這個從小就「顧伊怨」的戇人獨得。儘管槌哥現下的種種行為與之前已不可同日而語，但卻是一個道道地地的「青瞑牛」，憑他的智商以及那副傻乎乎的槌模樣，豈可與他這個從台灣回來的大學生相較勁。雖然他有母親撐腰，但他亦會想盡辦法來對付，始能保障自身的權益。

倘若以傳統的觀點而言，父母親辛辛苦苦把他拉拔長大，又供他受高等教育，學成後除了善盡社會責任，理應對雙親盡孝，對智障的弟弟與貧窮的家多一點關注，如此，方不致於辜負父母養育他的一番苦心。可是，他置身的是一個現實的都會，不得不為自己的前途著想，雖然已娶了一個美嬌娘，但是未來還要購屋、買車，在台灣生活不容易啊，母親只知道沒有寄錢回家就是不孝，可是她又何能體會到他的苦衷。他的老婆晶晶出身公務員世家，無論是學識、長相和氣質，都不在話下，他不知花費多少時間和金錢才追到手，放眼這個島上的女人，又有誰能與其相媲美的。槌哥娶的那個二手貨，倘若當他們家的傭人，想必晶晶也不屑一顧。從結婚回來請客而鬧得不愉快的那刻起，晶晶已發誓絕不再踏上這座島嶼一步。況且，父親和她一點翁媳的感情成份也沒有，他的死就如同死了一隻螞蟻那麼地微不足道，她那有閒工夫回來送他一程。而當她看到母親那副惡婆婆的嘴臉，她就生氣；看到槌哥邋裡邋遢的模樣，她就噁心。這個家怎麼能容得下她這個千金大小姐。凡此種種，都是晶晶想與這座島嶼斷絕關係的最大理由。如果不是父親去世，他何嘗願意回到這個窮鄉僻壤呢？因為台灣才是他的家啊！

但是為了能順利地繼承父親遺留下來的田園厝宅，如果真的和母親鬧僵而後攤牌，對他來說並沒有好處。於是華章不斷地思索，如何始能在父親的喪事中出錢最少，復又能多分一點父親的遺產，繼而放長線釣大魚，優先取得較肥沃的良田。如果槌哥想在他分到的田地裡耕作，再另外與他談論租賃的價錢，如此之如意算盤，或許只有他打得出來。但是否能如願呢？端看他的智慧和手段了。於是他找了一個機會，以哀兵之姿態，對槌哥說：

「槌哥，誠歹勢啦，阿兄為著阿爸過身的事志，會使講傷心幾落暝日，除了𣍐食擱𣍐睏得，嘛嚎佫兩蕊目睭強強欲青暝去，心情講有偌歹著有偌歹，有偌鬱卒著有偌鬱卒，所以講話的口氣有較無好聽啦，看著咱幾十年的兄弟情份上，你千千萬萬毋通見怪，若無我會死！」

「阿兄你毋通按爾講，爸母艱艱苦苦共咱飼大漢，今仔日老爸不幸過身去，做人的囝兒傷心是難免得。我知影你這陣的心情，做序細得毋敢佮你計較啦。」槌哥誠摯地說。

「雖然我佮恁兄嫂攏咧食頭路，一個月兩個加加起來也𣍐少錢，但是台灣生活水準誠懸，出門攏著開錢，我又擱計劃欲買厝佮買車，趁的錢攏囥佇銀行咧生利息，身軀邊賰無偌濟。我知影你佮春桃兩個誠拍拚，除了作穡外又擱飼牛、飼豬擱飼羊，聽講恁翁仔某一年冬賰𣍐少錢。尤其佇咱這個所在，生活水準低，又擱儉，會使講盡趁盡賰得，阿兄實在替恁歡喜。有你這個揹力拍拚的小弟，有春桃赫爾賢慧的小嬸，阿兄感覺誠光榮。」

「阿兄你毋甘嫌啦，我是盡本份爾爾。」

「我知影阿爸過身這遍用𣍐少錢，這錢攏是恁提出來得較濟，阿兄的苦衷我頭先已經佮你講過，這陣我想欲佮你參詳一下，鼓吹佮師公錢予我出，賭得予你來負擔。」

「阿兄……。」槌哥尚未說完，華章搶著說：

「我知影你會體會著阿兄的苦衷，知影阿兄的輕重，阿兄無白疼你啦，將來若機會才來台灣佚陶，阿兄一定會好好招待你。」

聽到華章如此地說，槌哥竟一時無言以對，想不到自己的兄長用的竟是連哄帶騙的招數，他焉有聽不出來之理，的確讓他感到訝異。然而，他已非昔日吳下阿蒙，他那套招數或許只能騙騙三歲小孩，即使他向來被歸類為既戇又槌，但此時再怎麼戇、再怎麼槌，也不會落入他的圈套。可是繼而地一想，為了不讓母親難過和傷心，為了不讓村人看笑話，為了能讓九泉下的父親瞑目，他寧願永遠做兄嫂心目中戇戇、呆呆、傻傻又槌槌的槌哥，也不願與這種人計較。

「阿兄，我有聽講台灣彼個所在是一個笑窮無笑娼的社會，若無錢除了會予人看無通起，嘛無法度通佮人徛起。你講恁翁仔某趁的錢攏囥佇銀行咧生利息，準備通欲買厝、買車，實在予人真欣羨。既然老爸無福氣通去台灣徛你的新厝、坐你的烏龜仔車，又擱不幸去天頂做佛，今仔日伊的囝兒做會到得，著是予伊風風光光上山頭，開淡薄仔錢也是應該得。尤其阿兄你千里迢迢從台灣倒來送伊，規鄉里的人攏嘛咧呵咾你的孝心。」

「你講的也是有影啦。恁阿嫂無通予我倒來，我嘛是強強欲倒來，才𣍐予人講不孝。」

「咱鄉里拄拄你讀過大學，若是毋知影這字『孝』字，實在無人欲相信，嘛會予人笑。古早人講：『生前予伊食一粒塗豆，較贏死後拜一個豬頭。』咱老爸已經死啦，想欲有孝也無機會啦。」槌哥一語雙關。

「咱莫擱講赫，你算看覓，阿爸出山彼日，鼓吹錢佮師公錢攏總偌濟？我通算予你。」

「毋免算啦。」槌哥爽快地說。

「物事毋免算？」華章緊張地問。

「阿兄，我雖然戇擱槌，但是你的困難佮你的孝心我感受會著。這遍阿爸過身所開的錢，全部予小弟我來出。你想欲出的鼓吹錢佮師公錢，倒去台灣了後，緊提去囥銀行生利息，通買厝佮買車。」

「按爾歹勢啦。」

「咱是仝爸仝母生的親兄弟，無啥物通歹勢得。」

「老爸死去，我無出半箍，是毋是會予外口人講閒話？」

「你毋免煩惱，人咧做、天咧看，我𡢃四界講啦。」

「若是按爾我著放心啦。」

「講實得，你長久徛咧台灣，若是有人講閒話，你嘛是聽𡢃著。」

「講起來也是有影，等咱傢伙佮田園厝宅若分好，我就𡢃擱想欲倒來。這個所在永遠綴台灣𡢃著。」

「台灣若徛久，沓沓著變成台灣人，這種事志是誠正常得。你愛倒來、著倒來，毋愛倒來、著莫倒來；聽阮阿嫂的話就著啦，俺娘我會照顧。」槌哥故意說。

「俺娘伊會行會走，會食會做，物事著擱人來照顧？你毋通人情了了。」華章有點不悅。

「歹勢啦阿兄，我實在無想著這點。若是趁俺娘這陣會行會走，帶伊去台灣行行看看得，伊一定會誠歡喜。」

「你才毋通亂亂出主意，若是誠實帶伊去，恁嫂仔穩當會活活氣死。這個空頭你千千萬萬毋通亂亂開。親像俺娘這種毋捌半字的鄉下人，若誠實欲帶伊去台灣彼個大所在，我的面子毋知欲去囥佗位。」

「國語話毋是講過：虎毒不食子，子不嫌母醜。」

「槌哥，我實在想𣍐到，想𣍐到你這幾年來，竟然會變赫爾濟。表面上看起來雖然抑是戇勢戇勢，但是頭腦𣍐歹，擱會落國語，予人看𣍐咧出來。」

「阿兄你毋甘嫌啦。擱較講，戇人永遠是戇人，槌哥永遠是槌哥，若是欲佮你這個大學生比，比無一個尾逝。」

「講起來也是有影，我毋爾讀誠濟冊，嘛佇社會食幾落年的頭路，過的橋比你行過的路抑擱較濟，又擱娶一個媠某，這攏是你無法度佮我比得。」華章頓了一下，突然問：「你哪會去娶春桃彼個死翁的查某？」

「阿兄，姻緣天註定啦，你嘛想膾到會娶北仔查某。」

「你實在有夠傻瓜猶得，金門山查某赫爾濟，若欲娶嘛著去娶一個在室女，哪會去娶一個死翁又擱生過囝的查某。你若無戇、無槌、無大條、無傻瓜無人欲相信啦！」

槌哥傻傻地笑笑，沒有再回應他。而心裡不禁想，雖然春桃是一個死翁又生過囝的查某，但是她賢慧、孝順，能吃苦耐勞，是一個典型的傳統婦女，不管旁人的看法如何，他珍惜這段情緣的心永遠不會改變。相對於哥哥那個眼睛長在頭頂上，處處瞧不起人，連公公去世都不願回來送他一程，甚至還不讓夫婿回家奔喪的北仔查某，又有什麼格調可言。說不定阿兄在台灣也是一個「娶某綴某走，又擱聽某喙大富貴」的「某奴才」，果真如此的話，亦不過爾爾。尤其他諸多想法和作為，簡直讓人不敢領教，面對如此之兄長，又能和他計較什麼呢？即使自己已非昔日的槌哥，但面對「聽某喙大富貴」的兄長，他仍然願意「激戇戇、激槌槌」。然而，往往「戇也」和「識也」差不了多少，誰真正「戇」，誰又真正「識」，任誰也不敢擅自下定論。或許，必須歷經歲月的考驗……。

9

烏番嬸對於華章的種種作為，的確讓她既傷心又失望，說他「讀冊讀佇加脊骿」一點也不為過。幸好還有槌哥這個已不是戇囝的戇囝，以及春桃這個勤奮又孝順的媳婦，要不，老伴過世後，她勢將成為一個孤單的老人。尤其是槌哥為了不讓她難過，以及兼顧兄弟情誼，竟展現出寬宏的胸襟，不願與兄長計較，獨自扛起父親不菲的喪葬費用，的確讓她感動得老淚縱橫。當然，有槌哥的胸襟，也必須有春桃的雅量，即使夫妻倆都是沒讀過書的「青暝牛」，而卻處處為這個家的和諧而設想，有如此的兒媳，她不僅滿足，也感到自豪。當年他們能撮合成一對，想必是兩家祖龕裡的列祖列宗同時在保佑，但願他們能多添幾個小壯丁，好延續兩家的香煙。

華章在父親臨出殯那天才匆匆趕回來奔喪，卻等不及父親七日後又匆匆回到台灣去，對於那個傲慢不識抬舉的北仔媳婦，烏番嬸如今想來還是一肚子氣。當年看到她那副神氣活現的模樣，就知道這個查某絕不是一個「好新婦」，果然不出她所料，老伴到「天頂做佛」，她這個大媳婦非僅不回來盡孝，竟然還想阻擋夫婿回來奔喪。難道是華章的「目睭去予屎糊著」，才會娶到這種不近情理的查某，真是家門之不幸，烏番嬸想不感嘆也難啊。可是她心裡卻有數，華章不出多久一定還會回來，其目的並非為了回來探望她，或是關注這個家，回來辦理繼承他父親名下的田園厝宅，才是他返鄉的主要目的。從種種跡象顯示，這個孩子和他那個北仔某如出一轍，看不起這塊土地，卻又想從這塊土地獲得利益。他們自私自利的想法，豈能騙得了她這個看盡人生百態的老查某。

果然不出烏番嬸所料，一個月後華章再次回到這個家，他開門見山地對母親說：

「俺娘，妳緊去共阿爸留落來的赫土地權狀提出來。」

「你是咧趕緊啥物？」烏番嬸不屑地說。

「無緊來去辦繪用得，若過時無辦會去予政府充公。」華章警告她說。

「政府敢誠實赫爾鴨霸？田園厝宅是咱的，伊若是敢提去食，祖公穩當會去揣伊算數。你咧煩惱啥物？」

「妳老歲仔又擱毋捌半字，毋知這種事志的輕重。」

「沓沓仔來啦，毋免趕緊。」烏番嬸故意地說。

「我哪有赫濟美國時間通等，阮某叫我緊辦辦得通倒去。」

「你若聽某喙𣍐等得，你緊倒去，我才該己來去辦。」烏番嬸不屑地說。

「田園厝宅辦繼承毋是赫爾簡單，妳毋捌半字是欲怎樣去辦？」

「毋捌字的人規四界，從來嘛毋捌聽著祖公留落來的田園厝宅，去予夭壽政府充公去。」

「俺娘，妳毋捌字又擱理由了了，莫講赫濟啦，緊去共赫權狀提出來，予妳來分，分好我通來去辦繼承的手續；辦好我著欲緊倒來去台灣。若無，憑妳佮槌哥無才調通去辦啦！若是欲請人辦著開𣍐少錢。」華章急促地說。

「你毋免六月芥菜假有心，你咧變啥物蠓，我共你看出出得！」

烏番嬸不悅地，「你去叫槌哥來。」

華章一陣暗喜，心想他的目的即將達成。如果能按照他原先的計劃，爭取到那幾塊良田，其他靠近馬路不易耕作的沙地，或是鄰近村郊一些雜草叢生的旱地，他願意全部放棄，由槌哥獨自繼承。若依面積來計算，槌哥所分到的田地或許比他多出幾倍，但一塊良田則遠勝好幾塊旱地，一旦美夢成真，真正的贏家當然是他自己。只是惟恐母親會偏袒槌哥而不同意，但他一定會運用智慧和手段力爭到底，不達目的絕不罷休。如果鬥不過不識字的母親與戇戇又槌槌的弟弟，他四年的大學勢必白唸了，台灣社會也白混了，還有何顏回去見老婆？

烏番嬸心不甘情不願地、把抽屜裡那疊泛黃的土地權狀取來，並把它擺在大廳的八仙桌上。識字的華章趕緊走過去，把房屋和土地權狀作了一個區分，復告訴母親說：

「俺娘，這兩張是厝的權狀，一張是咱徛的這間，一張是護龍厝的；賰的攏是咱的土地權狀。」

「既然你趕緊欲分，我這個無路用的老歲仔就順你的意。這間一落四櫸頭的古厝，佮咱這陣佇囥鋤頭、畚箕、三齒、犁、耙的護龍厝，辦予恁兩個兄弟仔相佮。恁有啥物意見無？」烏番嬸說。

「這兩間破厝，相佮著相佮，我無意見。毋扗咱話著講囥頭前，這陣啥物人佇徛，將來厝若是歹去，伊著負責修理，毋通叫無徛的人來出錢。」華章說。

「槌哥你有意見無？」烏番嬸問。

「我尊重俺娘的拍算。」槌哥說。

「按爾好，這兩間厝登記予恁兩個兄弟仔相佮。」烏番嬸說後，看看剩下的那幾張權狀，復對華章說：「這園是佇陀位，你一張一張唸予我聽看覓。」

華章重新把它做了一番整理，並歸成三類，而後告訴母親說：「俺娘，這四張是芋園，這八張是阿爸不時佇疊蕃薯佮種塗豆的土園，這六張是靠車路墘赫沙園仔，攏總是十八張啦。」

「好園歹園大細坵相佮……。」烏番嬸尚未說完。

「俺娘，聽講大孫會使先揀一坵大孫園，是毋？」華章搶著問母親說。

「有，古早有按爾。」烏番嬸嚴肅地說。

「若是按爾我會使先揀一坵大孫園。」華章興奮地。

「你大孫佇陀？」烏番嬸不解地問。

「阮某已經有孕啦，婦產科醫生講這胎是查甫得，我定著會使先揀一坵大孫園。」華章胡亂地說。

「生出來才講！」烏番嬸不屑地，「你若欲數想一坵大孫園，這陣毋免趕緊辦繼承，等恁囝若生出來才去辦！」

「俺娘，妳若會愈老愈歹參詳，妳先予我揀一坵大孫園，所有的事志就條直。若欲等阮某生，我哪有赫濟美國時間通擱倒來辦。」

「你若是硬硬欲，車路墘赫沙園揀一坵去。」

「講實得啦，車路墘赫沙園倒貼我我也毋挃！若是用這種園做大孫園，毋爾傷過份，嘛會予人笑。」

「若無你是欲挃陀一坵咧？」烏番嬸氣憤地問。

「彼坵較大坵的芋園啦。」聽到母親如此地一說，華章精神一振。

「你心肝敢𫝛傷雄？」烏番嬸臉一沉，憤怒地說：「攏總予你好毋！」

「攏總予我、我毋敢挃。」華章嘻皮笑臉地，「俺娘，按爾好啦，咱有四坵芋園，扣去一坵大孫園，抑擱有三坵，這三坵予我著好，賭得十四坵，我攏總毋挃，全部予槌哥去種作。」

「書讀濟著是無仝款，想獪到你赫爾有兄弟量，十八坵園你拄拄欲挃四坵爾爾。你的度量佮做法，予我這個毋捌字的老查某感動佫強強欲流目屎。你詳細想想得，除了這四坵芋園是較大坵，又擱較好種作的澹園外，咱兜的田園攏是咧山頂的瘦園仔，天公若無落雨，著無收成，盡靠著是靠這四坵澹園，一冬二坵播芋、二坵疊蕃薯，輪流替換咧種作。尤其這幾年來，槌哥佮春桃認真搰力咧摳草、掠蟲，別人的蕃薯芋抑擱佇沃肥撒糞，咱已經有通掘去賣，而且擱是賣好價數，咱兜平常時的食用攏靠這四坵澹園。今仔日這園若攏予你一個人分去，後手是毋是欲叫槌哥伊翁仔某佮我這個不中用的老查某去食西北風？你擱詳細想看覓，若是像你講的按爾是毋是會傷過份？」

「俺娘，十八坵園我分四坵，槌哥分十四坵，我敢有過份？」華章反問她，復又說：「雖然田園是我分得，權狀是我的名，但是阮翁仔某攏徛佇台灣，敢會頭殼歹去擱倒來作穡？這園最後嘛是會予槌哥來種作，我敢搬會當去。」

烏番嬸仔細地一想，華章說的也不無道理，雖然槌哥分到的都是些缺乏水份又不肥沃的「瘦園仔」，但其面積則多出好幾倍。況且，即使所有權人為華章，而實際耕作的卻是槌哥，如此一來他並不吃虧。於是她轉而問槌哥：

「槌哥，像恁阿兄講的按爾，你敢會接受？」

「俺娘，田園厝宅是祖公留落來得，妳講怎樣分、著怎樣分，予妳來拍算，我無意見啦。」槌哥誠懇而不在意地說。

「按爾好啦，順你啦！毋拄你也著共我記得，毋通看恁小弟忠厚老實，你著欲軟塗深掘，逐項攏著予你揩咯贏，你才會夠氣、你才會歡喜。」烏番嬸目視著華章，毫不客氣地說：「人咧做、天咧看啦！」

「俺娘，妳毋免煩惱，該已的小弟我會照顧。」華章暗暗地爽著，他的目的終將達成。當他取得權狀後，是否會把那四塊地如他所說的讓槌哥去耕作，還是另有盤算，或許，只有他的心裡最清楚。

華章帶著相關證件，親自到地政單位辦理繼承手續，無論填寫何種表格或資料，幾乎都難不倒他。因此，只花費了半天時間，就全部辦妥，但何日能領取權狀，則必須等待通知，故而，他必須先行返台，好向老婆大人交差。臨返台時，他叫來弟弟，私下告訴他說：

「槌哥，你知影，咱兄弟仔傢伙已經分好啦，彼四坵芋園從這陣起已經是我的，俗語話講：各人的、各人好，但是我人徛佇台灣，無法度通倒來種作，若予伊變草園，實在對不起祖公。昨兮昏我想規暝，決定欲租予人去種作，看佇咱兄弟的情份上，你若是有意思欲租，你有優先權；若無欲租，我著欲租予別人去種作。」

「阿兄，你毋是共俺娘講過，芋園登記你的名，欲予我來種作。」

「槌哥，講你有偌戇、著有偌戇；有偌槌、著有偌槌。我若無用按爾來騙伊，伊敢會答應。」

槌哥一時愣住，想不到自己的哥哥竟連生他育他的母親亦敢騙，簡直不可思議，如此之兄長，的確讓他失望透頂。之前為了父親的喪葬費，他忍下不與他計較，如今竟一而再再而三地以各種不當的手段來戲弄母親和他，想教人不生氣也難啊！儘管他小時候既戇又槌，長大後依然是一隻「青瞑牛」，但對於是非對錯，他卻能加以判斷。今天雖然不幸再次遇見自己兄長種種不合理的行為，即使內心有萬般的不悅，但為了不讓母親知道後難過，以及破壞兄弟間的情感，他還是選擇忍下，不和他作無謂的爭辯。

「槌哥，阿兄赫園你敢有意思欲租？」華章再次地問。

「阿兄，我毋租啦，你緊去租予別人。」槌哥心一横，竟如此地說。

「你毋租，敢有麼通食？」華章訝異地問。

「彼個是我該己的事志啦，阿兄你毋免煩惱，嘛感謝阿兄你的關心。」

「你講有定著無？是毋通反悔喔。」華章有點不相信。

「有！」槌哥堅決地，「我一定𣍐反悔！等我這冬蕃薯芋若收成了後，我著會共你分得彼四坵園摒還你，通予你緊去租別人！」

華章萬萬沒想到，槌哥的語氣竟是那麼地堅決。原以為他會為了這四塊土質較好的田地，以及看在每年種植的作物都能豐收賣錢的份上，不管他開出的租金多少勢必非租不可。而華章不僅不遵守承諾，甚至把母親的話當成耳邊風，也顧不了手足之情，完全以自身的利益為目的，實在是吃這個曾經戇戇又槌槌的弟弟，夠、夠、夠！

然而，之前戇戇又槌槌的弟弟已非今日的槌哥，為了不讓母親傷心，為了家的和諧與彌足珍貴的手足深情，對於兄長無謂的要求和需索，他始終忍下沒有與他計較。可是，即使在兄長的眼中他仍舊是一個不折不扣的槌哥，但槌哥亦有他的自尊，槌哥的容忍度亦有限，因此，他決定不再做一個讓兄長看「衰潲」的槌哥。況且，沒有這四塊田地，並不能讓他從農耕中消失，也不能讓他陷入生活的困境。春桃那邊尚有幾塊低漥濕潤的田地，因人手不足並未加以開墾和利用，一旦把自家那四塊地歸還給哥哥，他將重新加以開墾。他相信事在人為，天無絕人之路！而哥哥種種不合理的做法，他卻不能告訴母親，以免讓她老人家知道後傷心難過。

「槌哥，你敢真實毋租？」華章又一次地問。

「阿兄，我已經是大人大種，毋是囡仔，講話算話。」槌哥內心雖不悅，但依然低聲下氣地說。

「你若是欲租，租金會使共你算較俗得。」

「感謝阿兄你的恩德，你緊去租予別人才有好價數，將來通相添買厝佮買車，嘛對阮嫂仔有一個交代。」

「好，你毋租嬒要緊，但是我共你警告，你是毋通相我人咧台灣，又擱偷偷去種作；若是按爾予我掠著，法院見，我一定毋放你煞！」

「佇阿兄的目睭內，我雖然是一個戇戇擱槌槌的小弟，但是我共你保證，我絕對嬒做出彼種失格擱嬒見笑的事志。阿兄，你放心啦！」

華章一時無言以對，說他戇，他一點也不戇；說他槌，他一點也不槌，難道真是無戇假戇、無槌假槌？甚至還相當地有個性，真是低估了情勢。但他還是相信，槌哥如果沒有那四塊較肥沃的田地來耕作，光靠那些瘦園仔絕對是難以生存的。他倒要看看他能撐到幾時，到時若因需要再來央求他，租金絕對會往上揚，不可能是現時的價碼，他必須認清這個事實。

10

華章爭取到他想要的遺產後，又匆匆地回台灣了，他的種種作為的確是天理難容。儘管槌哥遭受自己兄長如此的對待難以釋懷，但在春桃不斷的安撫下，終於化悲憤為力量，把田裡一些較輕微的瑣事交由春桃去做，自己全身投入荒地的開墾。

「槌哥，講實在得，這段時間你真濟作法，毋爾予我誠認同，嘛予我誠感動。阿爸出山用的錢，阿兄伊毋出咱照樣予阿爸風風光光上山頭；分傢伙時，四坵好園伊欲挃，咱無佮伊計較。想繪到彼園雖然登記伊的名，但是伊講欲予咱來種作，最後竟然叫咱著共伊租。這種事志若講予人聽著，誠實會予人相細笑笑無份；若予俺娘知影，穩予伊老歲仔氣歹心命。」春桃搖搖頭，無奈地說。

「人生誠濟事志實在予咱想繪到得，雖然伊是咱的阿兄，但是無一點仔兄弟量，若是步步欲佮伊計較，兄弟感情就拍歹了了，毋爾會予鄉里人看笑話，嘛會予俺娘傷心流目屎。春桃啊，人講查某人會較無量，但是咧我目睭內，妳佮別人無仝款，對兄弟之間一屑仔較有爭議的事志，毋捌講半句歹聽話，嘛無佮人咧計較。俗語話講，有量才有福，我相信天公祖會保庇咱。」槌哥說。

「雖然彼四坵園一年冬予咱收成𣍐少，咱佮這土地也有誠深的感情，既然是阿兄分去，咱又擱毋共伊租，這冬芋若掘完，蕃薯若挖完，咱著緊摒還伊，才𣍐予伊加講話。」春桃囑咐著說。

「我知影。」槌哥無奈地說。

「咱溪仔墘赫園，若是重新犁犁掘掘得，又擱整理予好勢，認真講起來嘛𣍐輸彼四坵。」春桃提醒他說。

「我有咧想。趁這陣園抑擱焦焦較好起落，一半日我著欲先來去犁。若跤手較緊得，我相信趕會著下冬播芋、疊蕃薯。」槌哥說著，卻也不忘叮嚀她，「記得，這事志千萬毋通講予俺娘知影。」

「我知啦。」春桃點點頭說。

儘管槌哥沒有把華章那些無理的要求向母親稟告，但當烏番嬸看到兒子有異常的作息時，不禁關心地問：

「槌哥，你這幾日來，逐日鋤頭三齒無離身，又擱流洛規身軀汗，你是佇拚啥物咧？」

「俺娘，我咧開草園啦。」槌哥說。

「開草園？」烏番嬸訝異地，「咱兜田園赫濟，欲播芋有芋園，欲疊蕃薯有蕃薯園，欲種塗豆有塗豆園，敢抑擱無夠你種作？」

「俺娘，彼幾坵草園是春桃伊彼爿的，地勢較低，土質𣍐歹又擱澹潤，將來若是開好，𣍐輸咱赫芋園。」槌哥解釋著說。

「我老啦，真久無去山共恁湊相共，毋通𣍐記得，恁拄拄兩個跤手爾爾，毋通逐坵好。若作𣍐咧去，彼陣著艱苦。」烏番嬸關心地說。

「俺娘，阮這陣抑少年，抑擱會堪得啦，妳毋免煩惱。」

「唉，」烏番嬸微歎了一口氣，「俗語話講一樣米飼百樣人，實在無毋著。我擱較想也想𣍐到恁阿兄心肝會赫爾雄，死老爸，無出半籠；分田園，又擱欲揀好園，若毋是伊人徛佇台灣，這園攏欲予你種作，我看若是靠彼幾坵瘦園仔，天公祖又擱無落雨，穩當著枵腹肚。」

「俺娘，阮的事志妳毋免煩惱傷濟啦！老歲仔著清心清心過日子，毋通煩惱東、煩惱西，按爾才會長歲壽。春桃彼爿的好園也嬒少，若欲搰力去拍拚，毋免驚會枵腹肚。」

烏番嬸點點頭得意地笑笑，雖然失去了老伴，但有槌哥和春桃的照顧，又有阿秀那個可愛的小孫女來陪伴，人生還有什麼好遺憾的呢？唯一讓她耿耿於懷的就是華章那一家，夫妻倆自私自利，哥不像哥樣、嫂不像嫂樣，處處和弟弟計較，他父親在世時對這個家已鮮少關注，往後更別冀望他來噓寒問暖。如果沒有槌哥和春桃，而依靠的是他們夫妻倆，或許她將成為一個孤單的老人，在這個小島上自生自滅。

仔細地想想，華章之於會有今天，她和老伴都必須擔負最大的責任。但繼而地一想，從小學到高中，他的功課不僅名列前茅，也相當地乖巧聽話。想不到受了四年的高等教育，竟讓他成為下等人。即使他在職場上能稱職，但對家的關注、對父母的關懷、對弟弟的包容，卻都是不及格而必須重修的科目。如今，養育他長大的父親與世長辭，喪葬費則全由弟弟來擔負，他想得到的田地亦能如願地取得，當所有的目的都達成後，或許，他將逐漸地把這座島嶼淡忘掉，轉而投身在一個現實的社會裡，做異鄉城市的現代人。烏番嬸愈想愈氣，愈想愈不是滋味。

槌哥把廢耕多時的田地重新犁了一遍，然後用三齒逐一鬆土，撿拾雜草，如此地一鋤一鏟向前推移，即使腰痠背痛、雙手長繭、疲累不堪，但依然改變不了他把荒地變良田的決心。他要讓兄長看看，沒有他那四塊田，他仍舊能播芋疊蕃薯，仍舊能比別人早日收成，仍舊能賣到好價錢！

「槌哥，歇睏食點心啦。」每當太陽微微偏西時，春桃總會煮一小鍋麵，泡一壺茶，用小竹籃提著，來為槌哥加油打氣。

只見槌哥脫下斗笠，朝自己的臉上搧一搧，雖然臉上有笑意，但卻累得說不出話來。

「趁燒，緊來食。」春桃深情地說，並順手為他添了一碗遞給他。

「咱湊陣來食。」槌哥接過後，坐在田埂上。

「我𣍐枵，你緊食，食飽才有氣力。」春桃笑著說。

「人有時誠奇怪，作穡喊無氣力，若是佮某倒咧眠床頂，氣力自然就來。」槌哥竟開起玩笑說。

「看你拚洛哼哼喘，又擱流規身軀汗，抑擱有彼個心情通講笑？」春桃取笑他說。

「作穡人永遠有做𣍐完的穡頭，若無利用歇睏的時陣佮妳講兩句笑話，一日到暗激一個臭屎面予妳看。春桃啊，予妳講，若是扗著這種翁婿，妳心情敢會快活？」

「槌哥，佮你湊陣這幾年來，我目睭金金咧看，看你一日一日咧變，我這陣雄雄想著，你毋是戇、也毋是槌，是智慧較晚開啦。咱經常看著有的囡仔到四五歲抑擱𣍐曉講話，看起來又擱戇戇，予父母煩惱洛強欲死，驚伊大漢會變戇、變啞口。想𣍐到伊智慧一開，毋爾頭殼變巧，話嘛講洛煞煞叫。」春桃說後，又加強語氣重複著，「我咧想，你毋是戇、也毋是槌，是智慧較晚開啦！」

「毋是按爾啦。」槌哥搖搖頭說。

「毋是按爾？」春桃不解地，「毋是按爾是怎樣？」

「是妳的功勞啦。」槌哥脫口說。

「我的功勞？」春桃更加不解，「我有啥物本事通予你變赫濟？」

「我食著妳的喙瀾啦！」槌哥開玩笑說。

春桃白了他一眼，雙頰紅得像春天盛開的桃花。

「面紅啦，著毋？」槌哥消遣她說。

「我哪有面紅？」春桃撫了一下臉龐。

「歹勢啦，可能是我目睭挩窗看毋著。應該是春天的桃花咧開，毋是阮某春桃面咧紅。」

槌哥此語一出，更讓春桃笑彎了腰。

「好啦，毋佮妳滾笑啦，我緊擱來去掘。若是像咱這種進度穩會綴著冬。而且我該已嘛咧想，這坵園已經歇誠久無種作，園塗定著會較肥，無管將來是先播芋抑是疊蕃薯，一定會有好收成。」槌哥信心滿滿地說。

「咱若是共彼四坵園還阿兄，伊若是租𣍐咧出去，又擱無人通種作，我看毋免偌久著會變成草埔；將來若是想欲擱種作，著擱掘草掘洛馬面得。」春桃有點憂慮。

「我嘛是有淡薄煩惱，若是按爾著對不起祖公。」槌哥搖搖頭，內心似乎有些許無奈。

「若是予俺娘知影，毋知欲怎樣共伊解釋。」

「俺娘已經誠久無來山啦，伊應該𣍐想著赫濟才著。」

「若是有人共伊講咧？」

「上好是毋通予伊知影這項事志，若無，老歲仔一定會氣半死。」槌哥不假思索地說。

「咱應該著共佇這角勢咧作穡的厝邊頭尾交代，毋通共這幾坵園無種作的事志講出去，免得予俺娘聽著受氣。」春桃囑咐著說。

「等咱這冬蕃薯芋收成了後，才揣機會共個交代。講實的，無按爾做也是𣍐煞得。這陣我無驚啥物，拄拄驚老歲仔的身體，伊是𣍐堪的氣得，氣著是規身軀吣吣掣。」

「你講的無毋著，老歲仔若老康健，著是囝兒相大的福氣。」

「我若是想著阿爸破病倒咧眠床頂的時陣，心肝頭著艱苦、鼻仔著酸。想著較早欲飼伊食一喙糜，著共伊扶起扶落，屎尿又擱無法度通該已控制，步步著人來共伊纏綴。破病的人本身艱苦，纏綴的人也無快活，最後天頂彼逝路也是著行，人生著是赫爾無奈。」

「毋通想傷濟啦，過去的事志著予伊過去。」春桃安慰他說。

「講實在得，俺娘若是老康健，我流擱較濟的汗也甘願。」

「你毋免煩惱傷濟，伊這陣有阿秀啊通作伴，心情會較快活。尤其是阿秀啊喙花好，一日到暗俺嬤長、俺嬤短，叫咯予伊喙笑目笑；老歲仔人若是心情好，著會老康健、長歲壽啦！」

「阿秀這個囡仔毋爾喙花好，嘛誠乖巧，俺娘是疼咯心肝命命。」

「槌哥，我彼種已經兩個月無來啦……。」春桃羞澀地說。

「啥物？」槌哥激動又興奮地，「春桃啊，妳是講我欲做老爸啦，是毋？」

「毋通赫大聲啦，」春桃盯了他一眼，「予人聽到會愛笑。」

「春桃啊，我等這日已經等誠久啦！我日時拚草園，暗時拚生囝，等我草園若開好，妳嘛欲生啦！春桃啊，無啥物比這兩項事志予我擱較歡喜得！」槌哥說得口沫橫飛，喜悅的神色溢於言表。

「槌哥，我知影你這陣的心情，有咱該己的囡仔，有咱該己開墾的田園，毋爾你歡喜，我嘛歡喜佫喙笑目笑！」

「雖然咱的囝擱無偌久著欲出世啦，但是阿秀啊猶原是咱兜的心肝寶貝，無管是俺娘抑是我，我相信無人會大細心，這點妳千萬毋免煩惱。」

「我知影啦。」春桃說後，突然收起笑容，「毋拄槌哥，我若是育囡仔，著無法度通綴你來山、共你湊相共。」

「我抑擱少年，少年著是本錢，會堪的拖磨，到時妳共囡仔照顧予好，共俺娘服侍予好，山頂的穡頭我該己會來發落。彼四坵好園雖然予阿兄分去，但是我一定會開四坵草園來補倒來。春桃啊，毋是我咧講大空話，若是咱該己爭氣，永遠予人刁𣍐倒！咱這世人毋爾欲湊陣做、湊陣食，嘛欲湊陣睏一世人。雖然我佇阿兄的目睭內猶原是戇戇擱槌槌，毋拄若是共倒想過來，戇人伊有戇福，槌有槌的好處，槌哥這個土名親像時時刻刻咧提醒我，叫我毋通佮人計較，叫我著戇戇做，叫我著為母、為某、為囝，為這個家庭來拍拚，才會得到好報應，才會得到天公祖的疼惜！」

槌哥的一番話，想不讓春桃感動也難啊！即使她曾因夫婿阿生的早逝而歸咎於蒼天的不公，如今在槌哥厚實的臂膀裡，她則是一個聚幸福於一身的小女人。人生有許許多多的際遇，確乎是令人意想不到的，她能有今天，何嘗不是老天爺的恩賜；何嘗不是祖龕裡列祖列宗在保佑。因此，她必須珍惜當下的每一個時光，好與槌哥相偕到白頭……。

11

歷經數月的開墾，槌哥緊握鋤柄的雙手由初時的水泡到長繭，如今則是一層厚厚的粗皮。雖然田地的雛形已出來，但他依然得修築田埂，挖掘排水溝，然後用犁鬆土，再以十二齒耙平，並順便把殘留在田裡的雜草一併清除。經過繁複的開挖和整地後，他座落於溪仔墘的田地終於開墾完成。當春天來臨，當綿綿春雨落在他辛苦開墾的田疇上，槌哥難掩內心的激動和興奮。

於是他挖來事先培育好的芋頭苗，每株以一小步的距離為間隔，先一一放在犁好的「園股」上，然後用「狗耙仔」掘一小坑，再把「芋苗」栽種下去，它就是農人俗稱的「播芋」。但如要芋頭長得好，除了適時地施肥，更必須勤於「摳芋草」，以免野草吸取田裡過多的養分，讓芋頭苗因養分不足而萎黃，也是農人說的「黃瘦」；而如果不去「掠芋蟲」，往往整片葉子都會在一夕間，被滋生在葉脈間的「芋蟲」啃食精光，繼而影響到它的成長。

槌哥已有多年農耕經驗，無論是「播芋」、「疊蕃薯」、「種露穗」，或是要犁、要掘、要耙……等等，幾乎都難不倒他。但是，即使有豐富的經驗，但作穡人講求的則是「氣力」，倘若沒有足夠的力氣，再豐富的經驗亦只是淪為空談。而槌哥不僅有經驗，更有一身的「戇力」，一下田就猶如生龍活虎般地投入工作，似乎從未感到疲勞，甚至回到家裡還經常地協助春桃餵養家畜或家禽。俗話說，一分耕耘，一分收獲，即使農耕不能讓他成為「好額人」，但在這個近百戶人家的農村裡，無論是提起烏番嬸或是槌哥和春桃的名字，都是可以讓人「探聽」的。

不多久，槌哥在新墾的田裡栽種的芋頭，其葉面已有巴掌大，放眼一看更是綠油油的一片，讓同在這個區域耕作的鄰人好生羨慕。

「槌哥，你看，阮的芋拄拄播無偌久，你的芋已經赫爾大欉啦！平平咧作穡，實在綴你nd著。」狗屎木仔誇讚他說。

「可能是新開的草園，園塗有較肥，才會發赫緊。」槌哥解釋著說。

「怪啦，」狗屎木仔訝異地問：「槌哥，你怎樣放彼四坵好園毋作，又擱出氣勞力來開草園？」

「彼四坵園阮阿兄分去啦。」槌哥據實說。

「恁阿兄伊毋是徛佇台灣，分彼四坵園敢有才調通倒來種作？」

「木啊，真濟事志誠歹講。總講一句，各人的、各人好。」

「伊敢有講這四坵園毋予你種作？」

「阮阿兄伊有伊的拍算啦。」

「擱較講嘛是該己的兄弟，你註你共犁起來種作，伊敢敢講半句話！」

「木啊，咱從細漢湊陣大漢，你所知得，我較早戇戇又擱槌槌，誠濟人看我無通起，但是我𣍐去佮人計較。既然彼四坵園是阮阿兄分著，我無認份也𣍐煞得，拄好春桃彼爿有這幾塊地，地勢𣍐歹擱濕潤，是適合播芋的澹園。就是按爾才會想著欲出一點仔戇力共開起來種作，想𣍐到芋播無偌久竟然大赫爾緊，算我好狗屎運啦！」

「恁阿兄彼四坵園若無人種作，毋免偌久穩當變草埔。」

「阮阿兄彼四坵園會變怎樣，我也是無伊法。」槌哥無奈地搖搖頭，卻突然想到，「木啊，我拜託你一項事志，若是臭拄坎拄著阮俺娘，千萬毋通共彼四坵園的事志講予伊知影。」

「敢講恁阿娘毋知彼四坵園是恁阿兄分得？」

「伊知啦，但是伊毋知阮阿兄對彼四坵園有另外的拍算。」

「既然你有交代，我袂講啦。」

「歹勢啦，」槌哥除了感到不好意思，卻也不忘再次地請託，「若是有人問起這件事志，才費神你替我解釋一下，千千萬萬毋通予阮俺娘知影，我驚伊會艱苦。」

「會啦，規鄉里啥人毋知你槌哥是一個有孝囝，聽講較早恁老爸過身時，所用的錢銀攏是你該己一個出得。」

「無啦，阮阿兄伊欲出鼓吹佮師公錢，我講毋免啦。」

「笑死人，鼓吹佮師公錢才幾箍銀？」狗屎木仔不屑地，「恁阿兄台灣徛一個久，我看已經變台灣人啦，對咱厝的人情世事，可能袂記的了了啦。照理來講，爸母過身，無管用偌濟錢，兄弟仔兩個著對開才著。」

槌哥不置可否地笑笑。

「恁春桃一個腹肚赫大個，這胎可能會共你生後生。」

「無管是生後生抑是生查某囝攏好啦，毋通飼大漢無欲顧爸母、註伊溜溜去，若是按爾著無彩工。」

「聽講恁阿兄從來毋捌寄錢倒來予恁老爸老母，若是誠實按爾，實在枉費恁老爸儉酸苦甕，飼伊大漢又擱培養伊讀赫濟書的苦心。」

「徛佇台灣彼個所在，可能所費較重，才會毋捌寄錢倒來。」槌哥婉轉地說。

「做人的囝兒敢會使按爾？」狗屎木仔依舊不認同地，「鄉里人若講著你彼當時，佇共恁老爸扶起扶落，飼伊食糜，共伊拭尻川，纏綴佮好勢溜溜，感動的目屎著強強欲流落來。槌哥，鄉里赫老歲仔攏嘛不時咧講，你會變一個人，是你的孝心感動著天、感動著地，才會予你的頭殼從戇變巧，才會予你講話𫝛重句，才會予你作穡好收成！俗語話講：人咧做、天咧看；有燒香、著有保庇，一定有伊的道理。」

「感謝咱鄉親序大的疼痛佮呵咾，講實在得，我盡本份爾爾啦，可能我的狗屎運𣍐歹。」槌哥謙虛地說。

「這遍恁春桃有身，註生娘娘一定會賜一個後生予恁，到時毋通𣍐記咧請我食油飯。」狗屎木仔笑著說。

「會啦，」槌哥興奮地，「我毋爾會請你食油飯，嘛欲請你啉燒酒。」

果真，當芋頭的地上莖長高又長粗、葉片約有一個大巴掌時，春桃也平安地生下一個小壯丁。烏番嬸喜悅的形色溢於言表，阿秀因有弟弟而雀躍萬分，槌哥更是笑得合不攏嘴。這個小生命的到來，勢必會為這個家庭帶來無比的歡樂氣氛。

孩子彌月那天，烏番嬸請人幫忙煮了好幾鍋油飯，除了答謝來為春桃「做月內」的至親好友，也同時分送村裡的每一個家戶，並席開數桌宴請諸親友，讓大家同沾媳婦替她「育孫」的喜氣。

「烏番嬸啊，恭喜喔，恭喜恁新婦共妳育一個膨獅獅的查甫孫。」

「傍恁的福氣啦！」

「烏番嬸啊，恁兜燒好香，祖公祖嬤有咧保庇啦！想𣍐到槌哥細漢的時陣予妳佇煩惱，大漢煞變另外一個人，除了認真搰力咧拍拚，規後壁山的田園，真濟攏嘛是伊佇種作。別人播的芋抑擱矮鑿鑿，伊播的芋已經強欲半人懸，毋免擱偌久著會使掘起來賣，實在予人誠欣羨。」

「天公疼戇人啦！」

「烏番嬸啊，恁春桃這個新婦也是無話通講。伊毋爾賢慧捌世事會理家，上山落海、飼豬作穡逐項會，對大家倌嘛誠有孝。恁厝好積德，才會娶著這種好新婦。」

「妳毋甘嫌啦！」

整天下來，這個小小的家庭，幾乎都籠罩在喜氣洋洋的歡樂氣息裡。無論是對兒子誇獎，對媳婦的讚美，或對這個家庭的肯定，無疑的，都是她這個大家長最大的殊榮，難怪她的嘴角始終掛著一抹燦爛的笑靨。可是在喜悅之後，卻也隱藏著一絲淡淡的憂愁，驟然間，她想起遠在台灣的大兒子華章。儘管這個孩子所作所為讓她極為痛心，但手心手背都是肉啊，她焉有不想念他們之理。然而孩子和媳婦心中是否仍有她這個母親的存在呢？倘若說有，為什麼連一封最基本的問候信也沒有？簡直置她的生死於不顧。

仔細地想想，人生的確有許許多多令人意想不到的事，兄弟倆同出一個娘胎，哥哥自小聰穎過人、學業名列前茅，弟弟則因高燒傷及腦部、變得遲緩；父母把希望全寄託在哥哥身上，弟弟則讓他們感到憂心。可是長大後卻有所改變，受過高等教育的哥哥學成後在台灣成家立業，對父母則不聞不問，甚至處處與弟弟計較。反而是當年戇戇的弟弟，竟蒙受上天的垂憐，讓他的身心和智能逐漸地恢復健康，並擔負起照顧家的重責大任，以及守護著先人遺留下來的田園厝宅，繼而地把它發揚光大。當烏番嬸把兩人作了一個粗淺的比較，對華章冀望愈高，失望卻愈大；對槌哥的憂心，則是多慮的。故而，她決定不再回顧過往，也不去擔憂未來，她將把握當下的每一個時光，由槌哥和春桃來陪伴，過著含飴弄孫的幸福歲月，直到閻羅王喚她西歸為止。

槌哥能讓人誇獎，春桃能被人讚美，並非虛有其表，而是他們努力的結果。當年他們能撮合成一對，除了歸功於緣分外，更蒙受天公祖與列祖列宗的保佑，要不，以槌哥的德性，以春桃的條件，無論從任何一個基點來說，都是難以配成雙的。如今小倆口恩恩愛愛，阿秀又討人喜歡，剛誕生不久的紅嬰仔將是這個家庭中的心肝寶貝。來日她將一邊牽著查某孫，一邊牽著查甫孫，逍遙自在地漫步在滿布著幸福的人生大道，聆聽孫子們左一聲俺嬤、右一聲俺嬤，或是要俺嬤告訴他們一個古老的傳奇故事。果真如此，人生又有何求？烏番嬸想著、想著，難掩內心的喜悅，情不自禁地笑出聲來。

「俺嬤，看妳微微仔笑，是咧笑物事？」不知何時，阿秀已來到她身旁。小女孩仰起頭，純真地問她說。

「恁阿母生一個小弟，予俺嬤歡喜佫𣍐講得，才會該己微微仔笑啦！」烏番嬸摸摸她的頭，笑著說。

「俺嬤，阮阿叔嘛誠歡喜，咱咧請人客的時陣伊有啉燒酒，啉佫一個面紅記記，講話嘛誠大聲，親像強欲燒酒醉。」阿秀天真地說，而她口中的阿叔，當然指的是槌哥。

「阿秀啊，將來小弟若是大漢，伊會叫恁阿叔阿爸，妳也著綴伊按爾叫，才會親切，知影無？」烏番嬸囑咐她說。

「俺嬤，毋免等小弟大漢啦，妳這陣叫我怎樣叫、我就怎樣叫。按爾好毋？」

「戇孫啊，妳誠知影俺嬤的輕重，妳從今仔日起，著照俺嬤講的按爾，改口叫恁阿叔阿爸。」烏番嬸興奮地，又一次地撫撫她的頭，「好毋？」

「俺嬤，我會聽妳的話啦。」

「按爾才是俺嬤的乖孫。」烏番嬸說後，緊緊地牽著她的小手，「行，咱來去看恁小弟有乖無？」

烏番嬸踏著輕盈的腳步緩緩地走著，阿秀則興高采烈地跳躍著，祖孫倆大手牽小手，迎著微微的春風與溫煦的春陽向前行。一簇簇的雲彩從她們頂上掠過，微微的春風輕輕地拂著她們的臉頰，嬌艷的春陽下有她們幸福的身影在晃動，這何嘗不是一幅祖孫情深、深又深的感人畫面呢？怎不教人心生羨慕……。

12

隨著歲月的更迭，隨著孩子們的成長，烏番嬸已日漸地蒼老。但是在槌哥與春桃細心的照顧下，除了行動稍為不便外，其他健康方面雖無大礙，但卻經常做惡夢，夢見老伴在呼喚她。或許，老人家一旦上了年紀，除了自己胡思亂想外，想念旅外子孫的心彷彿也會更加地強烈。儘管這些子孫平日對她鮮少關注，甚至已到了不聞不問的地步，但老人家思念他們的心則始終未曾改變，可謂天下父母人啊！

「槌哥啊，你嘛去請人寫一張批予恁阿兄，叫伊倒來予我看看得，若無，擱偌久仔伊會看獪著我。」烏番嬸囑咐著說。

「俺娘，妳毋通講講赫啦，天公祖會保庇妳長歲壽。我有請人寫批予阮阿兄，叫伊撥工倒來予妳看看得。可能是咧無閒，才會無緊倒來。」槌哥稟告母親說。

「我這幾日咧咧佇眠夢，夢見恁老爸叫我緊去佮伊作伴。阿章若毋緊倒來予我看看得，萬一恁爸若強強欲共我掠去，伊倒來著揣無母啦。」

「俺娘，我拜託妳，妳毋通講講赫啦，我聽著實在誠艱苦。我知影妳思念阮阿兄，但是我嘛有請人寫批予伊，可能擱偌久仔著會倒來啦，妳千千萬萬毋通煩惱，若無我是會比妳擱較艱苦！」

「槌哥啊，我誠想欲來去咱山行行看看得，看看恁老爸較早佇種作的赫田園，這陣毋知變怎樣？」

「俺娘，妳的跤骨這陣較無力，無適合行遠路，而且咱彼園幾落年來攏嘛無變。有年仔種塗豆、有年仔種露穗、有年仔疊蕃薯，攏嘛替換咧種作，無啥物通好看得啦。」

「恁阿兄分的彼四坵芋園予你佇種作，你有常常咧掘園邊無？毋通予園岸的草沓沓竄入來，後次犁無幾逝、賭無幾股，若是按爾著對恁阿兄歹勢。」

「𣍐——𣍐——𣍐啦！」槌哥惟恐讓母親知道詳情，竟結結巴巴地說。

「你講話誠久毋捌重句啦，物事這陣又擱會重句？」

「無——無——無啦！」

「你敢有啥物事志佇瞞騙我，若無你怎樣講話咧咧佇重句？」

「俺娘，老大人著放予清心清心毋通想想赫濟，按爾才會長歲壽啦。」

「你一定有啥物事志咧瞞我，若無你講話嬒咧咧重句。」烏番嬏已發覺事有蹊蹺，「你若毋邀我去，你去育囝，我叫春桃邀我來去山行行看看得。萬一恁老爸若問起種作的事志，我才通共伊講。」

「俺娘，妳毋通趕緊啦，等我較有閒得，我才綁一個椅頭仔囥手捒車面頂予妳坐，才共妳捒來去山行行看看得。按爾好毋？」槌哥懇求著說。

「好啦，照你的意思啦！」烏番嬏答應得很勉強。

對於母親突如其來的想法，的確讓槌哥憂心沖沖。她怎麼會突然關心起哥哥那四塊田地呢，難道是有人告訴她什麼？還是想看看他在耕作上有沒有怠惰？無論是基於什麼原因，哥哥那「四坵好園」早已成為雜草叢生的荒埔，甚至還被茂盛的藤蔓團團地圍住，竟連田的輪廓也難以分辨，遑論想耕作。萬一讓母親看到如此的情景，老人家勢必難以接受這個事實。因此，他必須設法來隱瞞，絕不能讓母親目睹此情此景而傷心難過。但是向來不說謊的槌哥，一旦說起謊，又會犯上口吃的毛病，眼尖的母親即使沒有當場拆穿他，心裡頭則有數。槌哥若想隱瞞事情的經過，必須考驗他的智慧。

為了實踐對母親的承諾，槌哥把一塊板凳置放在手推車中間，復用一根小杉木當欄桿，並以繩索綁緊，好讓母親坐在板凳上後雙手有地方可握。他故意要春桃揹著嬰兒和阿秀同行，槌哥深知如此的做法母親一定會不捨，然而老人家卻不知他另有目的。

「槌哥，咱兩個來去著好，春桃、阿秀啊佮嬰仔佪莫去啦。」烏番婾有所顧慮地說。

「俺娘，繪要緊啦，兮晡天氣誠好，一家大細湊陣陪妳來去山行行看看得嘛是繪歹。」槌哥說。

「嬰仔傷幼啦，若予寒著欲怎樣咧？」烏番婾擔心地說。

「繪啦，我有共伊加穿衫。」春桃說。

「阿秀啊，妳坐俺嬤身邊，予我共恁挆。」槌哥順手把阿秀抱上手推車，讓她坐在俺嬤身旁。

「阿爸，你挆有法得無？」阿秀關心地問。

「妳安心啦，阿爸無啥物，著是有戇力！」槌哥笑著說，大夥兒跟著笑。

「你這個戇囝，無戇加、也戇減。」烏番嬸咧著嘴指著他，臉上盡是幸福的笑容。

「俺嬤，阮阿爸哪有戇，誠濟人攏嘛講伊搰力、拍拚、有孝擱顧家。」阿秀竟說起大人話。

「敢有影？」烏番嬸故意問，內心的喜悅全綻放在多皺的臉龐，「毋拄咧俺嬤的目睭內，伊從細漢到大漢，攏是戇戇啦！」

「俺嬤，人講戇人有戇福，著毋？」

「妳這個戇孫，恁老爸無白疼妳啦！」烏番嬸輕輕地擰了她一下面頰，「看妳，攏咧替伊講好話！」

雖然一家大小難得一起上山，但各自的心情卻是不一樣的。烏番嬸坐在手推車上，除了和天真無邪的孫女交談，也舉目四處地張望，她的精神是飽滿的，神情是怡悅的；繈褓中的嬰兒亦在母親的懷抱裡熟睡，唯獨獨槌哥和春桃的內心是沉重的。一旦讓母親發覺那四塊俗稱的「狀元園」已變成「狗屎埔」，他倆不知該如何向她解釋才好。或許母親將承受不了如此的打擊，傷心難過在所難免。即使夫婦倆的孝心是村人所公認，但萬一有什麼疏失要如何來彌補才好，屆時，孝心勢必會幻化成傷心。他們將如何面對祖龕裡的列祖列宗，以及遠赴天國多年的父親。

「俺娘，這坵咱咧種塗豆，彼坵咱咧疊蕃薯，擱起去彼坵是露穗園……。」槌哥懷著沉重的心情，沿途不斷地向母親介紹著說，老人家也時而地點點頭、微微地笑笑。

然而為了分散母親的注意力，槌哥竟然當機立斷，刻意地不經過那四塊集中在一起的田地，捨近求遠、繞了一個大圈子，改從一條較窄小的農路走去。

「槌哥啊，我會記得咱較早若欲去芋園，毋是行這呢？」烏番婦睜大眼睛，四處打量了一番說。

「俺娘，這逝路有小可仔變啦，我先邀妳來去我開的赫園看看得。」槌哥轉頭看看春桃，心虛地說。

「你為著開這草園，出氣勞力流幾落斤汗，拚咯無暝無日，敢佮咱彼幾坵芋園會比得？」烏番婦疑惑地問。

「俺娘，妳來去看著知影啦。」春桃插嘴說：「咱赫舊芋園，若是逐冬播芋，芋頭攏會貓空貓空；槌哥伊新開的赫園播的芋，芋頭一個一個毋爾𣍐貓空，又擱會鬆。每一次若擔去菜市賣，人客攏會湊相報，毋免偌久攏嘛賣空空。」

「芋皮伊本身有毒，芋若掘起來，毒素猶原會留咧塗跤底。恁爸較早咧種作的時陣，今年若是播芋，新年一定著疊蕃薯，芋佮蕃薯兩項相替換種作，才會有好收成。」烏番嬸順機做經驗的傳承。

「俺娘，槌哥伊講這冬芋若掘完，這坵園準備欲插蒜仔。」春桃稟告她說。

「插蒜仔？」烏番嬸想了一下，「蒜仔著重肥，又擱著逐日沃水，無赫好顧。」烏番嬸分析著說。

「聽講蒜仔若顧會起，比疊蕃薯較好；若是無人買，嘛會使曝蒜頭，𣍐去予了去。」春桃說。

「我老啦，無法度通共恁湊相共，想欲湊育孫也無氣力。春桃妳著育囝、煮食、洗衫褲、抾內頭，又擱著飼豬、飼雞鴨，敢抑擱有閒工通來山共槌哥湊相共？毋通為著欲顧這坵蒜仔，別項事志放了了，若是按爾，識也佮戇也敢有差？」烏番嬸關心地說。

「俺娘，妳安心，我做會當去啦，絕對𣍐顧這失赫；而且芋園是澹園，毋免逐日沃水。」槌哥說。

「按爾上好，」烏番嬸叮嚀著，「有某有囝的大人，毋通擱予我這個老歲仔來煩惱。」

他們說著、說著，不經意中已來到新墾的田地，田裡種植的是芋頭。當槌哥和春桃攙扶著母親下車後，只見烏番嬸眼睛為時一亮，興奮又訝異地說：

「赫大坵，我想𣍐到赫大坵！」

「俺娘，三千外栽爾爾啦。」槌哥扶著她走上田埂，指著田裡說：「妳看，咱抑擱有一半較加的芋還未掘，等七月半才掘來去賣，價數會較好。」

「槌哥，我實在想𣍐到你有赫大的氣力佮本事，會共這塊狗屎埔開成狀元園。古早恁老爸播的芋，嘛無你這陣播的這大欉，一粒芋頭上無也有斤外重，誠實予我想𣍐到。」烏番嬸難掩內心的喜悅，竟脫口說：「你這個戇囝，我無白飼你啦！」

「俺娘，妳擱詳細共我看覓，我敢有戇？」槌哥笑著說。

「你啦，著是親像春桃講的按爾，無戇假戇啦！」烏番婶說後，惹得春桃哈哈大笑。

「春桃啊，妳敢誠實有按爾講？」槌哥故意問，似乎有意以此來拖延時間，一旦太陽下山後，幼小的嬰兒是不宜在荒山野地逗留的，因而，母親一定會顧慮到春桃懷裡的小孫子，不得不趕快回家。屆時，勢必就不會想到那四塊田地看看。

「我𣍐記啦，真戇假戇你該已知影。」春桃笑著說。

「我想著啦，較早妳著是看我戇戇，才欲佮我湊陣做、湊陣食；想𣍐到竟然擱湊陣睏，又擱生一個戇囝。」槌哥說後，烏番婶含笑地白了他一眼，春桃的雙頰更紅如西天的彩霞，只有不明就裡的阿秀陪著他們傻笑。

「你講講赫是欲予人笑死是毋？」春桃羞澀地說。

「俺娘伊𣍐笑咱啦！當年咱欲湊陣做、湊陣食，嘛是經過伊的允准。這陣擱共生一個戇孫，伊逐日攏嘛歡喜咯微微仔笑。」槌哥說後轉向母親，「俺娘，妳講有影無？」

「春桃啊，槌哥誠知影我的輕重，人講有囝萬事足，我這個老歲仔是有孫萬事足。妳看，咱這陣囝新婦、嬤孫仔，五個人歡歡喜喜湊陣來山行跤花，人生敢抑擱有比今仔日予我擱較歡喜得。若是恁老爸身軀勇勇無死，予伊看著槌哥開的這垳園佮這對戇孫仔，伊的心肝內毋知會偌歡喜！」烏番嬸感傷地說。

「俺娘，阮爸伊無福氣啦！」春桃內心亦有點沉重，「妳這陣啥物攏毋免煩惱，山，槌哥伊會發落；厝內的事志，我會來做。妳若身軀勇勇，著是囝孫的福氣啦！」

「春桃啊，毋是我這個老歲仔咧呵咾妳，我有妳這個有孝的新婦，槌哥有妳這個賢慧的家內，兩個囡仔有妳這個好老母，毋爾是祖公祖嬤的保庇，也是咱這家口的福氣！」烏番嬸誠摯地說。

「俺娘妳毋甘嫌啦！講實在得，這幾年來，無管是人情世事抑是做人的道理，我綴妳學誠濟，予我佇這個村內佮人會徛起。俺娘，有妳這個疼痛新婦的好大家，有槌哥這個揹力拍拚的好翁婿，我這世人敢抑擱有啥物通𣍐滿足得。」春桃以感性的語氣說。

「俺娘，日欲暗啦，我看咱今仔日到這著好。另日若好天，我才擱𤆬妳來行行看看得，按爾好毋？」槌哥說。

「夭壽喔，我煞𫝛記得日暗啦，」烏番嬸猛而地驚醒，並揮著手催促著說：「咱緊倒來去，細漢囡仔毋通予伊咧外口傷晚，若𫝛咧拄好，去拄著、去拄著歹物……，緊行啦！」

「春桃啊，緊行、緊行！」槌哥雖故作緊張，實際上卻鬆了一口氣。

「春桃啊，妳緊用花帕共嬰仔罩予密，毋通叫伊的名。」烏番嬸囑咐著，也同時催促著，「緊行、緊行；緊倒來去、緊倒來去！」

儘管烏番嬸緊張萬分，惟恐小孫子因天黑而碰到「魔神仔」，但槌哥推起手推車的腳步則是輕盈的。雖然車上坐著烏番嬸和阿秀，然而，推起來卻輕輕鬆鬆不必費氣力，若與來時沉重的心情相較，的確有天壤之別。可是能瞞過今天，是否能瞞過永遠，母親並非省油燈啊。即使看到哥哥那四塊已荒廢成草埔的田地讓他感到不捨，但畢竟是無可奈何的事。只因為哥哥不義在先，而非他不顧兄弟之情，故此，他始終認為自己問心無愧。唯一的是不能讓母親知道，以免她承受不了如此的打擊而傷心難過，這也是他必須設法去克服和避免的……。

13

歲月更迭，物換星移，隨著兩岸軍事對峙的和緩，隨著戰地政務的解除，這座小島已非昔日的戰地，亦不再是反攻大陸的跳板。當駐軍逐漸地撤離開這座島嶼後，雖然傳統市場的交易沒有之前的熱絡，但卻吸引不少眼光獨到的商人前來投資。尤其建築業更是一枝獨秀，處處蓋起公寓與店面，每每推出，幾乎都被搶購一空，精華地段更是水漲船高、一屋難求。

槌哥祖居的村落，雖然只是一個百餘戶人家的自然村，但距離市區和學校都不遠，交通也算便捷。因此靠近馬路旁那些經過政府土地重劃過的旱地，竟被建築商看中，並有意加以開發，而且預計興建五層公寓多棟，村人聽到這個消息，莫不興奮萬分。儘管並非每家都有田地在該處，但有一就有二，有二就有三，一旦開發成功，帶動這個村落的繁榮似乎是指日可待。因此村人都樂觀其成，甚至拍手叫好。

巧而，當年烏番叔過世後，在分配遺產時，華章只要低漥地區那四塊可以種植芋頭的「澹園」，其他則全部放棄，由槌哥獨自繼承。

即使建商初次購買的是與槌哥隔鄰的農地，價錢更是出乎村人所預料，阿昌伯仔那塊「瘦園仔」，竟然賣了兩百餘萬元，的確跌破許多人的眼鏡。而槌哥那幾塊地如果全部加起來，簡直比阿昌伯仔那塊大上好幾倍，而且又是長方形的，無論是建成獨棟或是連棟，每一寸土地都可利用，如此之精華地段，少說亦可賣上千餘萬。然而，槌哥非僅不羨慕，甚而從始至終亦未曾有過販賣祖產的念頭。

當建商開始整地時，也同時豎立大型看板展示模型屋，幾乎每天都有欲購屋者前來參觀，甚至已開始接受客戶訂購，把原本純樸寧靜的農村，炒得熱鬧滾滾。如純以居家來說，它坐北朝南，前面是一片寬廣的農田，田裡種植著各種農作物，每到春耕或秋收，農人在各自的田地裡工作，或戴斗笠、或包頭巾，或荷鋤、或扛犁，彷彿是一幅色彩繽紛的農耕圖，讓人目不暇給。如此優美的景緻再與便捷的交通相搭配，復加上臨近市場與學校，難怪推出沒多久就銷售一空，向隅者莫不紛紛打聽下一波的建案，以便早日訂購。

然而就在此時，槌哥的哥哥華章竟又匆匆地回到這座他不想回來的島嶼，他冠冕堂皇地說是回來探望母親，而真正的目的是什麼？或許只有他心裡最清楚。

「俺娘，我倒來看妳啦。」華章緊緊地握住母親的手說。

「我抑未死，你倒來欲創啥物！」烏番嬸不屑地說。

「俺娘，妳哪會講按爾？」

「俺娘，我佇台灣一日到暗是無閒佫強欲死去，哪有閒工通寫批啦。」華章解釋著說。

「若是按爾你今仔日倒來欲創啥物？」烏番嬸逼人地問。

「俺娘，我共妳講實話啦，聽講咱兜這陣的土地起價起誠濟，我準備欲共我分的彼四坵園賣掉，用赫錢來去台灣買厝、買車。」華章打著如意算盤說。

「啥物？你講啥物？你擱講一遍予我聽看覓？」烏番嬸激動地說。

「我欲賣園啦！」華章不耐煩地說。

「你這個了尾仔囝，」烏番嬸氣憤地指著他，「你想欲共祖公留落來的田園賣去？你敢毋驚予雷公共你敲死！」

「彼四坵園是我分得，土地權狀面頂所有權人清清楚楚寫我的名，我怎樣𣍐使賣得？」華章理直氣壯地說。

「你這個了尾仔囝，你好膽共我賣看覓？你若是敢共祖公留落來的赫園賣去，我就佮你拚生死！」烏番嬸恕指他說。

「俺娘，妳毋通氣啦，阿兄伊𣍐按爾做，伊咧講笑的啦。」槌哥走近烏番嬸身旁，低聲地安慰她說。

經過槌哥的安撫，烏番嬸激動的情緒稍為緩和。

「槌哥，我彼四坵園你這陣敢有咧種作？」華章轉而質問他。

「阿兄，咱這陣莫講這，稍等的咱來去看覓你著知影。」槌哥說後，偷瞄了烏番嬸一眼，惟恐讓她知道詳情。

「咱這陣就來去看！」華章急促地。

「春桃啊，」槌哥囑咐著說：「妳扶俺娘去房內歇睏，我佮阿兄來去山看看得。」

當兄弟倆步出房門，華章迫不及待地問：

「槌哥，我人佇台灣看𣍐著，我彼四坵園你有共我偷犁去種作無？」

「阿兄，我毋是彼種人！」槌哥語氣強硬。

「若無啥物人佇種作？」華章以質疑的口氣問。

「既然咱這陣欲來去看，看著你就知影，毋免問傷濟啦！」槌哥不客氣地說。

「我相信你毋敢騙我！」

槌哥沒有理會他，逕自往前走，當兩人佇立在芋頭田的田埂時，華章四處張望了一會，而後訝異地問：

「這園哪會變按爾？草哪會發咯半人懸？」

「阿兄，你是食蕃薯大漢得，應該知影園若無種作著會發草這個簡單的道理。」

「咱是親兄弟呢，我的園發草，你應該著共伊摳摳起來才著，哪會使予伊變草埔。」華章責問他說。

「當初你是叫我毋通佇你的園種作，是無叫我摳草喔。」槌哥故意說：「阿兄，予你講，敢毋是按爾？」

「槌哥，你誠實是大槌，毋是小槌；有你這個槌擱戇的小弟，是我這世人的悲哀，難怪恁嫂仔會看你無通起！」

「阿兄，你知影，我從細漢到大漢攏戇戇擱槌槌啦，槌哥這個名字毋是亂號得。阮嫂仔看我無通起嬒要緊，予鄉里人看有通起較重要。」

「你去照照鏡照看覓，槌哥永遠就是槌哥，鄉里人嫌你嫌咯欲臭頭。予你講，陀一個看你有通起？若是看你有通起的彼個人一定是目睭挩窗。你摸摸良心想看覓，從細漢我著赫爾照顧你，但是你攏無帶念著兄弟情，明明知影我徛佇台灣無法度通倒來種作，你嘛三不五時仔共我園內赫草摳摳起來，毋通予赫草發咯半人懸，變成一片草埔。」華章不滿地說。

「阿兄，歹勢啦，我戇戇擱槌槌一時無想著赫濟啦。今仔日既然你已經倒來啦，你該已看欲怎樣摳，著怎樣去摳；愛怎樣摳，就怎樣去摳，無人會阻擋你啦！」槌哥不悅地說。

「槌哥，按爾好啦，聽講這陣園價起誠濟，這四坵攏是狀元園，無管種啥物攏有好收成。我看俗俗賣予你啦，你看怎樣？」華章轉變話題說。

「阿兄，毋驚你笑啦，我分彼幾坵瘦園仔，一年冬種作收的五穀，拄拄有夠飼母、飼某佮飼囝，哪有才調通共你買這四坵狀元園咧。」

「外口人攏嘛講恁翁仔某賭大錢。」

「風聲的啦，外口人講的話哪會準算得。憑我槌哥這種跤數，若飼母、飼某、飼囝食會飽，已經是阿彌陀佛啦！生食無夠，敢抑擱有通曝干？」槌哥說後，竟替他出主意，「你這四坵狀元園，若是俺娘欲予你賣，你會使去揣赫起厝的頭家，穩當有通賣著好價錢。」

「這園的所有權人是我，俺娘伊憑啥物毋予我賣？老歲仔著是按爾，老番顛一個啦！」華章不滿地說。

「老歲仔有老歲仔的想法，伊是咱的老母，做序細若講伊是老番顛，實在是對伊不敬。」

「看你槌槌，原來你擱是一個有孝囝。」華章挖苦他說，而後轉身移動著腳步，「我該已來去揣赫起厝的頭家講。」

槌哥沒有理會他，任由他自行離去。可是當他看到先人遺留下來的田園已荒廢成草埔，內心的確百感交集。當年他們家這四塊能「播芋」的「澹園」，一生務農的父親視它為「狀元園」，無論種植何種農作物幾乎年年都可豐收，或許，它也是父親供應哥哥到台灣讀書最大的經濟來源。如今父親因積勞成疾而往生，哥哥學成在台灣成家立業後，尚未對這座島嶼有所回饋時，竟又企圖把先人蓽路藍縷開墾的田地賣掉，在台灣購屋置產。如此囂張跋扈卻又勢利的行逕，並非是一個農家子弟該有的作為。一個原本純樸善良的島嶼青年，竟在短短的幾年間變得面目全非，確乎讓人意想不到。

他睜大眼睛，重新巡視這四塊滿布著雜草藤蔓的狀元地，卻也讓他再次地想起哥哥返鄉時的種種作為。為了深恐母親傷心難過，他忍下兄長對他的羞辱以及不合理的對待，但是哥哥並未因此而罷手，似乎還有下一步。倘若他還是之前的槌哥，被受過高等教育的兄長牽著鼻子走或許情有可原。然而蒙受老天爺的厚愛，目前的他除了是一隻不識字的「青瞑牛」外，其他方面並不會輸給他這個讀書人。母親也因此而歸功於祖龕裡的列祖列宗在保佑，村人也對他另眼相待，甚至他自己也清楚，絕對沒有如哥哥所說「鄉里人嫌你嫌洛欲臭頭」這種情事。相對於一個受過高等教育的人，在成家立業之後，非僅不懂得反哺，甚而置生他育他的父母親於不顧，對這塊孕育他成長的土地亦不認同，如此之兄長，豈能受到尊敬。想必他此次貿然返鄉必有所圖，如果是無理取鬧或不符合情理的要求，他絕不再事事遷就他，亦絕不讓他為所欲為輕易得逞，只因為他已非昔日的槌哥。即使兄弟鬩牆並非是一件光彩的事，不僅會讓母親傷心，也會讓村人看笑話。然而，即使自己修養再好，但容忍度總是有限的，豈能讓哥哥「軟土深掘」或做無謂的要求。

他緩緩地抄著往東的農路走，經過他一手開墾的芋頭田時，情不自禁地想，如果當年不是哥哥所逼，他也不會花費好幾個月的時間來開墾這片芋頭田。如今哥哥的狀元田已荒廢成草埔，而這塊屬於春桃家的荒地，經過多年休生養息後加以開墾，則成了年年豐收的狀元園。即使蒙受老天爺特別的眷顧，但如果自身不付出辛勞的代價，焉能得到甜美的果實。而開墾後的良田，如果不勤於耕作，依然會有成為草埔的一天。哥哥所分到的那四塊狀元地，不就是一個活生生的例子嗎？他能怪誰呢？或許只能找一個下台階，怪他沒有幫他拔草。倘若當年他展現出寬宏大量的兄弟情交由他來耕作，也不會形成今天這種局面。可是，他除了罔顧兄弟之情外，也違背對母親的承諾。非但沒有遵照母親的意思把那四塊地交由他來耕作，竟然還要租給他，現在則要賣給他。如此之兄長，教他怎麼能信從！

華章親自找上營造公司的王姓老闆，他開門見山地說：

「頭也，我有四塊地欲賣，毋知你有興趣無？」

「佇陀位咧？」王老闆問。

「離恁新起的這厝無偌遠，較早阮老爸咧播芋，老歲仔攏嘛講這園是狀元園。」華章誇讚著說。

「等我有閒才來去看覓。」老闆並不積極。

「我人徛佇台灣，一半日著欲倒去啦。頭也，你若是有意思，咱這陣就來去看覓，價錢好參詳啦！」華章急迫地說。

「土地權狀敢是你的名？」

「阮老爸死去了後，已經過戶過好啦，是我的名無毋著。」

「好啦，既然你赫爾趕緊，咱來去看覓。」

當華章把他帶到自己的田地時，老闆看後搖搖頭說：

「這園的地勢較低，適合種作，無適合起厝。」

「頭也，這四坵是狀元園咧。」聽到老闆如此地說，華章緊張地。

「我已經共你講過，你這狀元園，適合種作，無適合起厝。」

「價數我會使算你較俗得啦！」

「講實在得，我毋是作穡人，你這園若是送我也是變草埔，一點仔路用攏無。你若趕緊欲脫手，著去揣赫作大穡的作穡人才有效啦！」老闆潑予他一頭冷水。

「你是講地勢較懸的山頂園才適合起厝，是毋？」

「嘛著看地點。」老闆得意地，「像我舊年起的赫厝，除了地點好、品質好，起的式樣又擱佮人無仝款，毋免三下半著予人訂了了。我毋驚你知影啦，起這幾棟厝，上少予我趁一千萬。」

「彼地較早老歲仔攏嘛講伊是狗屎埔，毋爾是沙地，又擱誠濟沙母粒管；歹種作，又擱無收成。」

「你兜敢有地佇赫？」

「我嘛毋知影，」華章想了一下，「我著倒來問阮小弟看覓才知影。」

「若是有者，無管大坵細坵我攏總欲買。」

「敢真實得？」華章有點疑惑。

「你若是有，權狀提來予我看覓，我隨時會使佮你簽訂買賣契約。價數你會使去探聽看覓，絕對會予你滿意。」

華章聽後，眼睛為時一亮，之前與弟弟分遺產時，他只要那四坵芋園，其他則全由槌哥繼承。在他的印象中，他們家座落在馬路旁或是週邊的田地似乎也不少，倘或如此，他不就發了嗎？即使這些田地的所有權人都是槌哥，但他四肢發達、頭腦簡單，只要用點手段、耍點花招，他都得乖乖就範。就好比當年他非要那四塊芋頭田，還不是得乖乖讓給他；父親出殯的喪葬費，他原本想出「師公佮鼓吹錢」，想不到槌哥卻自願當大頭，最後他一毛錢也不用出，讓他和老婆高興老半天。從種種事由來看，槌哥就是槌哥，憑他那簡單的頭腦，豈能與他相較量？

回到家，華章沒有見到槌哥，竟急促地直嚷著：

「春桃啊，槌哥去陀位咧，哪會無看著人影？」

「阿兄，恁毋是湊陣出去，伊抑未到來啦。你揣伊有事志呢？」

春桃從屋裡走出來。

「妳敢知影槌哥赫園契囥佇陀？」

「我毋知咧，園契佮厝契攏是槌哥伊該己佇收啦。」

「我來去山揣伊。」華章說後，轉身就走。

烏番婆從房裡緩緩地走出來，問：

「春桃啊，恁阿兄揣槌哥欲創啥物？」

「伊咧問園契囥佇陀啦。」春桃說。

「這個毋誠囝，又擱咧變啥物蠓？」烏番婆不屑地，「敢講咧數想槌哥分的赫園？」

「阿兄這陣去山揣伊，詳細的情形著等伊倒來才會知影。」春桃說。

「妳共槌哥講，毋通親像較早按爾，逐項事志攏順伊。這個毋誠囝，傷毋是款啦！」烏番嬸有些激憤。

「我會偷共槌哥講，講俺娘妳咧交代。」

「尤其是園契，毋通戇戇提予伊；伊這遍倒來，絕對無存啥物好心。咱金金共看，看伊咧變啥物蠓。」烏番嬸囑咐著說。

「阿兄伊若強強欲共赫園契提去，是欲怎樣咧？」春桃擔憂地問。

「無管怎樣，毋通予伊提去就著啦！伊若擱枵飽吵，共伊講園契囥咧我這，叫伊來揣我提。」烏番嬸態度堅決，卻也難掩內心的憤懣，「講著這個毋誠囝，規四山坪、規金門山，揣無像伊這種人啦！實在予我怨歎無地講。」

「俺娘，妳先毋通氣，等槌哥倒來才擱講。」春桃安慰她說。

「唉，」烏番嬸長歎了一口氣，「我哪會這歹命，才會生這個毋誠囝！」

而就在烏番嬸感到怨歎時，華章卻氣呼呼地夥同槌哥走進來。

「俺娘，我欲共彼四坵狀元園佮槌哥換車路邊彼坵瘦園仔，伊竟然講毋啦。妳講，會氣死人𣍐？」

「當初咧分傢伙的時陣，咱兜彼田園厝宅，陀一項毋是予你先揀？陀一項毋是你揀賰的才有通輪著槌哥。你這陣是欲換物事？四坵狀元園攏予你分去、敢講你抑擱無夠氣？做人毋通傷貪心啦！」烏番嬸叱責他說。

「俺娘，這陣彼四坵狀元園已經無路用啦，地勢低𣍐起厝得，無人欲買啦！」華章說。

「啥物人叫你賣得？祖公留落來的田園厝宅敢會使賣？你共我較有分寸得，毋通予我清心啦！」烏番嬸氣憤地說。

「俺娘，這陣啥物時代啦，園契若登記啥物人的名，伊著有權利通賣！」華章強詞奪理地說。

「好，既然你無共祖公看咧目睭內，隨在你！但是你毋免數想欲佇恁小弟分的彼園拍主意。」

「我毋是欲拍伊的主意，我是狀元園欲共伊換狗屎埔。」

「你毋免六月芥菜假有心，你咧變啥物蠓我共你看出出得啦！」

「俺娘，平平是妳的囝，妳𡁜使大細心……。」

「毋是我大細心啦，是你軟塗深掘，食恁小弟夠、夠、夠！像你這種阿兄，敢有一點仔天良？」

眼見烏番嬸激動的情緒一時難以平復，春桃走到她身旁，輕輕地攙扶著她的手臂，柔聲地說：「俺娘，莫擱講啦，咱來去房間歇睏。」

烏番嬸狠狠地瞪了華章一眼，由春桃攙扶著，緩緩地步入房裡。

目視母親的背影消失在他的眼簾，華章轉而對槌哥說：

「你去共赫園契提來予我看覓。」

「阿兄，我的園契佮你的園契攏是政府發的，無啥物通好看得。」槌哥說。

「叫你去提，你著去提，莫講講赫五四三得。」華章不耐煩地說。

「我的園契、厝契，攏交予俺娘咧保管，欲提你去揣伊提。」槌哥故意推給母親，諒必他也不敢向她要。

「槌哥，看咧咱兄弟的情份上，今仔日算我求你好毋。」華章轉向低調。

「阿兄，佇你目睭內，我這個小弟永遠是槌槌啦，彼年咧分傢伙的時陣，四坧芋園你強強欲提去，又擱無照起工予我種作，逼我出氣勞力去開草園，予我強強欲走頭無路，但是我認命，從來毋捌佮你計較。雖然這陣時機變無仝，四界攏咧起新厝，土地的價數一日數變，一坧瘦園仔嘛有通賣幾落百萬。你今仔日倒來的目的是啥物，逐家心內有數。毋拄我欲共你講一句實話，阿兄你分的田園你欲怎樣處理，做序細的無權通干涉；但是祖公留予我的田園，我毋爾𣍐賣，嘛𣍐予你提去賣！」槌哥毫不客氣地說。

「槌哥，咱是親兄弟呢，你話毋通講赫硬，過去的事志嘛毋通擱講起。阿兄實在有夠可憐得，佇台灣食赫濟年的頭路，抑擱無才調通買一間厝。雖然手頭有千外萬，但是恁嫂仔伊是計劃欲買有車庫的透天厝，可能著二千外萬。看佇咱是親兄弟的份上，我共你拜託，我彼四坧園共你換車路墘一坧。若是以這陣的行情，可能有通賣四五百萬，若有這錢通相添，我著會使佇台灣賣一間樓仔厝。到時，我佮恁嫂仔一定會感謝你這個大恩人一世人。槌哥，阿兄求你好毋？」華章低聲下氣地說。

可是，一生被兄長看扁的槌哥會再上他的當嗎？會被他那三寸不爛之舌感動嗎？似乎是不可能的，只因為今日之槌哥已非昔日的槌哥。然而卻也有一件事卻始終讓他耿耿於懷，那便是哥哥名下那四塊田地。即使哥哥自私自利，不念茲在茲體會先人開墾這片田園的苦心，一心一意只想把它賣掉，好換取金錢到台灣購屋、買車，如此之行逕，的確不配做這個家族的子孫。一旦真的被他賣掉，怎麼對得起先人。

「阿兄，按爾好啦，既然你彼四坵園無人欲買，你開一個價數，若會合，我著共你買起來。」槌哥竟然如此說。

「有影無？」華章興奮地。

「你欲賣偌濟？」槌哥問。

「一坵一百萬著好啦。」

「阿兄你誠愛講笑，」槌哥不屑地，「這款價數你也講會出喙。」

「按爾好啦，四坵三百萬著好。」

「你毋通喊各一天一地啦，若是按爾咱毋免講。你毋通𣍐記得，這陣的少年人逐個攏嫌作穡艱苦，攏嘛出去外位食頭路，無人欲擱作穡啦。你當初毋是講欲租人，敢有人欲共你租？你這陣毋是講欲賣人，敢有人欲共你買？阿兄，我是為你設想，毋通留一個出賣祖業的歹名聲，予人一世人咧講閒仔話。若是按爾，賰擱較濟錢也無路用！」

「槌哥，你這隻青暝牛毋通佮我講講赫大道理！祖公、祖公，祖公伊咧陀位，你敢有看著？祖公攏是假的啦，錢銀才是真的啦！佇台灣彼個所在，若無錢著行無路！毋通搬搬赫祖公祖嬤欲來疊我，我是無咧信彼套！」

「做人若是𣍐記伊該已是啥，實在是枉費啦！」

「我無彼個美國時間佮你講講赫五四三得。我赫園你有誠意欲買無？」

「價數若是合理，我當然嘛欲買。」

「按爾好啦，四坵二百五十萬著好。」

「咱毋免為著錢佇這咧出來出去，按爾是浪費時間啦。四坵五十萬，你若是會合，咱來去辦過戶，辦好現錢數予你，你通緊倒去台灣買車、買厝，翁仔某通好好享受快樂的人生。」槌哥態度強硬地，卻也不忘挖苦他兩句。

「四坵五十萬傷少啦，」華章嘻皮笑臉地，「你擱添一點仔，予阿兄倒去台灣對恁嫂仔有一個交代。」

「阿兄，論理講這四坵祖公園予我種作也無夠著，但是佇你目睭內拄拄看著錢，拄拄看著某，這塊生你的土地佮老母親像佮你一點仔關係攏無。認真講起來，你讀赫濟書，較輸我這隻青瞑牛！」槌哥毫不客氣地說。

「槌哥，你毋通變臉啦，若按爾會拍歹咱兄弟的感情。」華章低聲地，或許深恐槌哥若不買，連五十萬也拿不到。更何況建築商已告訴他，他那四塊地因地勢過低，地點又不好，絕對沒人願意把錢投資在上面。

「阿兄，我從早到這陣，對你攏是非常的尊重，可能你佇台灣徛久啦，對咱這塊土地無啥物感情，竟然數想欲共祖公留落來的田園賣掉，共赫錢銀提去台灣買厝、買車。俗語話講：食果子，著會曉通拜樹頭，若無這塊土地，就無咱的祖公；無咱的祖公，就無咱。你是讀書人，理應著擱較認同這塊土地，毋通欲共這塊土地放予𣍐記得，若是按爾就叫著忘本。」

「槌哥，我無癮聽你講講赫大道理啦，」華章竟惱羞成怒，「彼五十萬拄拄夠恁㛪仔買新衫、買化妝品啦！」

「阿兄，我一年冬做牛做馬佇拖磨，老母著靠我照顧，某囝著靠我食穿，為著毋願看著咱祖公留落來的田園去予你賣予別人，不得已才共身軀邊所有的錢提出來，除了保留祖公留落來的田園，嘛予俺娘這世人𣍐怨歎。你若認為五十萬傷少，咱這陣無啥物通好講得啦，你去賣予別人！」槌哥說後，轉身想走。

「槌哥，莫按爾、莫按爾啦！」華章已看出槌哥已不像之前那麼好欺，惟恐沒有轉圜的餘地，既然撈不到大錢，五十萬也不是一筆小數目，一旦把錢帶回家，相信老婆大人也會誇讚他的智慧和手段。「祖公」這兩個字對他來說已毫無意義可言，「金錢」才是他唯一想追求的目標。尤其是置身在這個笑貧不笑娼的大都市裡，他必須去遷就「無錢行無路」的現實。只要五十萬拿到手，這座鳥不生蛋的小島，已和他沒有任何的瓜葛。人生幾何啊，他將和年輕漂亮又懂得妝扮的老婆，在美麗的寶島、人間的天堂，享受屬於他倆的奢華生活。因此，他緊緊地拉住槌哥，復拍拍他的肩膀，嘻皮笑臉地說：「好啦、好啦，看佇咱是親兄弟的份上，我無咧佮你計較，五十萬就五十萬。我園契已經帶倒來啦，一手交錢，一手辦過戶，怎樣，按爾好勢無？」

槌哥搖搖頭，不屑地看看他，面對如此的兄長，他又能奈何呢？能把他醜陋的嘴臉原原本本地告訴母親嗎？那只有徒增她老人家的悲傷，其他對她來說並沒有太大的助益。唯一的，或許是等他重新整理好這片已荒廢多年的田園，種下芋頭或蕃薯後，再光明正大地以手推車推著母親步上這個小小的山頭，讓她好好地看看先人遺留下來的那四塊「狀元園」，其後輩子孫是否勤於耕作？還是已荒蕪成為草埔？而非再以善意的謊言，來矇騙一位曾經為這塊土地盡心盡力、犧牲奉獻的老年人。讓她能怡然自得地過一段無憂無慮、幸福快樂，含飴弄孫的人生歲月……。

14

槌哥買回哥哥那四塊地後，他決定放火燒雜草，以爭取時間和減少氣力，同時灰燼亦可當肥料。於是他利用秋天土地較乾燥、草木逐漸呈現枯萎時，先在田埂四週清理出一條防火路，以防火勢蔓延而波及其他田裡的農作物，或是一個不慎而火燒山，造成一發不可收拾的場面，那可不是開玩笑的。

那天，趁著秋老虎還在發威，風勢並沒有太大，槌哥拿著鋤頭巡視了一下四週，然後點燃火苗，不一會，濃煙已隨著劈里扒拉的雜草燃燒聲，在田地的上空繚繞著。看到如此的情景，槌哥則有些膽寒，星星之火可以燎原啊，他不得不慎。故而他小心翼翼地察看每一個角落，遇有火苗向外蔓延，他趕緊用鋤頭耙著沙土把它覆蓋著，以防萬一。約莫十幾分鐘的光景，田裡的雜草已燒成黑色的灰燼，剩下一些較頑強的植物根莖，他必須過一段時間再用鋤頭和「三齒」來挖除，復以犁來翻土，再以「十二齒」把殘存在田裡的草根耙淨。儘管每一個工作都必須付出辛勞的代價，亦沒有想像中那麼簡單，但這四塊俗稱的「狀元園」已歸他所有，即使之前被荒蕪成草埔，但此時他卻有義務把它恢復原狀成為良田，才對得起先人蓽路藍縷開墾這片土地的苦心。

雖然田地已荒蕪多年，但似乎比之前開墾春桃家那片「草園」輕鬆得多，因為它的土質尚未完全受到大自然的擠壓而成為堅硬的泥土，一旦雜草除盡，他將讓老牛拖著犁來翻土，再重新把「園邊」整理一番，田的形貌即可因此而浮現出來。於是經過數十天的「出氣勞力」，那四塊歷盡滄桑的「狀元園」，已逐漸地恢復原狀。待春風吹上這座島嶼，待春雨滋潤這片土地，經過多年休生養息後，相信這四坵狀元園在他辛勤的耕耘下，必能為長年墨守這些田疇的他，帶來豐收的喜悅。他衷心地期待這一天的來臨，以及一個豐收的季節。

烏番嬸看到槌哥每天忙得不可開交，內心的確有點不捨。這個家如果不是他來撐起，華章那個「娶某綴某走」的兒子，豈能作為她的依靠。

「槌哥啊，你又擱佇拚啥物咧？看你一日規頭面汗，拚袼無暝無日，毋通拍歹心命，若是按爾著害了了。」烏番嬸關心地說。

「俺娘，我這段時間佇掘園邊啦，若無草會沓沓伸入來園內，到時若是十股變八股，會予人相紲笑、欲笑笑無份。」槌哥說。

「恁老爸較早佇作穡的時陣著是像你按爾，無管是抾園頭、掘園邊，攏是斟斟酌酌。作穡人著成一個作穡人樣，𣍐使貧憚得。」

「俺娘，等我一坵一坵重新整理好勢，我才擱用手挲車，共妳挲來去山行行看看得，予妳看看恁囝有成一個作穡人無？」

「我有佇想啦，」烏番嬸興奮地，卻也嚴肅地說：「講實在得，咱山赫田園，無管是狀元園抑是瘦園仔，攏是咱祖公一鋤頭、一畚箕，流血、流汗沓沓開墾出來得。也著是按爾，這田園佮咱有誠深的感情成分，若無田園通種作，人著無法度通活。咱毋爾著疼惜這塊土地，而且嘛𣍐使共伊荒廢掉。恁阿兄受著彼個北仔查某的灌水，竟然數想欲共彼四坵狀元園賣予人，用賣祖公園的錢欲去台灣買厝、買車，咱兜出出這種不孝的囝孫，實在予我誠清心。好加在有你共春桃佇我身軀邊，有彼對孫咧參我作伴；若欲靠恁阿兄佮彼個北仔查某，我看，已經枵死無人知啦！」

「俺娘，阮阿兄彼四坵園伊毋敢賣啦，赫園永遠是咱兜的，有我槌哥佮春桃，咱兜所有的田園厝宅，阮一定會好好來看顧，絕對𣍐共伊荒廢去。無管這陣的土地起價起偌濟，無管賣園賣地會予咱變好額人，但是佇我頭殼內，祖公留落來的田園厝宅，一塊磚、一塊瓦，一粒沙、一把塗，攏總𣍐使賣得！阮阿兄可能佇台灣徛久啦，對咱這塊土地已經沓沓無感情，按算將來毋倒來徛啦，才會想著欲共伊分的田園賣掉。」槌哥激動地說。

「人佇變無地看啦！」烏番嬸搖搖頭感歎地說：「恁阿兄細漢的時陣毋爾乖、擱聽話，讀中學的時陣嘛誠捌想，禮拜日攏嘛會去山共恁爸湊作穡，倒來厝擱會共我湊擔水、湊飼豬。我不時嘛咧共恁爸講，這個囡仔大漢會有出脫、會倚靠得。想𣍐到序大人儉酸苦䆀予伊去台灣讀大學，畢業娶某了後煞變另外一個人，予我誠清心。」

「俺娘，妳毋免煩惱赫濟，阮阿兄伊可能是受著台灣彼個社會的影響，才會變赫現實。妳這陣徛佇咱祖公留落來的古厝，有囝新婦通照顧妳，有兩個戇孫通陪伴妳，有通食、有通用，好好保重該己的身體較重要，賭的莫想傷濟啦！」槌哥安慰她說。

「想著你細漢的時陣，有一日無物無事煞發燒，頭額燒佫會燙人，可能是燒過頭，大漢的時陣頭殼煞戇戇，予序大人煩惱佫強欲死。想𣍐到你這個戇囝，竟然會飼爸，竟然會曉照顧一個倒佇眠床頂的破病人。槌哥，俗語話講：人咧做、天咧看，一點攏無毋著。你的孝心毋爾感動著天、也感動著地，才會予你的頭殼沓沓好起來；龕內的祖公祖嬤也有佇保庇，才會予你佮春桃這個賢慧的家內湊陣做、湊陣食。恁這家口，毋爾予我誠感心、誠安慰，外口人若講起恁翁仔某，無一個無呵咾得！」

「俺娘，有孝序大人是應該得，我佮春桃拄拄盡本份爾爾啦。」槌哥謙虛地說。

「佇這個世間，無啥物是應該抑是無應該。像恁阿兄，爸母飼伊大漢予伊讀書，畢業後出社會食頭路趁錢擱娶某，但是伊敢有盡著做囝兒的責任？欲娶某會曉寫批倒來討錢，娶某了後無批無信綴某去；死老爸無出半箍銀，擱計較欲分好園；數想欲賣祖公留落來的田園，通去台灣買厝；對該己的小弟又擱刻薄無起工。唉，講著這個毋成囝，我著規腹肚氣！」烏番婿憤懣地說。

「俺娘，妳毋免氣啦，總有一日阮阿兄伊會想有，到時伊著會有孝妳。」

「我毋敢數想，」烏番婿不屑地，「若是誠實有彼日，槌哥啊，彼陣俺娘已經去蘇州賣鴨卵啦，等嬒著啦！」

「俺娘，」春桃適時走了進來，「妳毋通講赫無吉利的話啦，有妳這個好俺娘佮好俺嬤，是阮這家口的福氣。妳看，妳彼兩個戇孫已經沓沓大漢啦……。」

「稍等得，稍等得，」春桃尚未說完，烏番婿打斷她的話搶著說：「春桃啊，趁少年、趁少年，緊擱生一個、緊擱生一個；一個通顧咱這爿，一個通顧阿生彼爿；著雙爿顧才有起工。」

春桃被這突如其來的話語怔住，即使這是自己婆婆的一番好意，可是仍然讓她感到害羞，而一旁的槌哥卻傻笑不已。

「俺娘，我又擱有啦。」

「偌久啦？」烏番婿興奮地問。

「兩月外日爾爾。」春桃不好意思地說。

「我看妳這幾日佇食糜的時陣，有時食食停停，又擱會反腹，我心肝內知知得啦！」烏番婿喜悅的形色全寫在臉上，復又看看春桃，而後故意地說：「我知影妳會歹勢，刁工欲講得啦！」

「俺娘……。」春桃更加地嬌羞。

「俺娘，若是生查某囡仔是欲怎樣呢？」槌哥竟然如此地問。

「招囝婿、招囝婿啊！」烏番婿指著槌哥笑著說：「你啊，你實在有夠戇、戇佫有賭喔！你著共我記咧，從今仔日起，粗重的穡頭毋通予春桃做，知影毋？」

「俺娘妳放心，我槌哥無啥物著是有氣力，咱山的穡頭我毋爾會該己做，倒來也會共伊湊飼豬、湊擔水、湊煮食、湊掃塗跤。繪共恁新婦苦毒，妳老歲仔毋免煩惱啦！」槌哥笑著說。

「我知影你揹力擱顧家，你佮恁阿兄平平是佇我腹肚內生出來得，兩個兄弟仔哪會差赫濟。有時我拄拄仔想，這個家若無恁翁仔某，伊毋知會變怎樣？你若是像細漢的時陣赫爾戇，春桃伊敢欲佮你湊陣做、湊陣食？」

「俺娘，當初我欲佮春桃湊陣做、湊陣食的事志，是恁兩個先講好得，著毋？」

「你問春桃看覓。」烏番婿看看春桃，笑著說。

「咱兩個是俺娘做媒人得啦！」春桃說後，惹得三人哈哈大笑。

「古早人講，這世人膾佮啥物人湊陣食糜，註好好得啦！認真講起來，伊著是叫著緣分；緣分若到，膾走膾閃得。」烏番婿解釋著說。

「春桃伊彼陣著是看我戇戇，知影我膾走膾閃，才會欲邀我湊陣做、湊陣食。」槌哥說。

「毋是按爾啦，」春桃笑著說：「我會曉看命啦，知影槌哥有一日一定會變巧，才欲邀伊湊陣做、湊陣食。」

「妳誠實會曉看命？」槌哥好奇地問。

「當然得。」春桃說。

「若是按爾，妳這胎是生查甫抑是生查某？」

「查甫、查某攏總好啦！」

「春桃啊，妳毋是看命仙，妳是假仙！」槌哥說後，又是一陣鬨堂大笑。母子婆媳三人，難得有如此輕鬆的場面。

「春桃講的無毋著，查甫、查某攏總好。生囝算起來誠簡單，飼囝較費氣，欲怎樣共伊飼大漢，欲怎樣教予伊會上逝，這兩項才是做爸母上煩惱得。別人咱毋免講，若是論起恁阿兄，伊著是教獪上逝，才會變按爾。娶某綴某溜溜去，無管該己爸母的生死，實在枉費序大人飼伊大漢的苦心。」烏番嬸感歎地說。

「俺娘，想較開得啦，妳毋通不時佇講赫，顧好妳該己的身體，睹得莫去想赫濟啦！俗語話講，囝孫自有囝孫福，雖然阮阿兄有一屑仔做法予人較嫌，但是咱毋免靠伊食穿，生活嘛是過了誠幸福、誠美滿，妳講有影無？」槌哥開導她說。

「好啦，我毋擱講啦，佮彼個毋成囝計較，連工煞了。」烏番嬸終於想通了，然而是否真的想通了呢？或許只有她老人家心裡最清楚……。

15

轉眼，又是春天到。即使槌哥重新獲得那四塊「狀元園」的耕作權，卻也必須付出更多的勞力和心血，始能有所收獲。雖然五十萬不是一筆小數目，但能把先人遺留的田園保留下來，總算對祖龕裡的列祖列宗有一個交代。一旦流落外人的手中，勢必要永遠背負著不肖子孫的罪名，受過高等教育的哥哥焉有不知情之理，只是他迫於現實的無奈，以及受到其「賢內助」的影響，置家庭與兄弟之情於不顧，不得不向功利社會低頭，不得不向老婆大人俯首稱臣，難怪母親會「清心熥火」。

槌哥預定把那四塊狀元園規劃成「早」、「晚」兩個時期來種植，一方面避免工作聚集在一起讓自己難以分身而手忙腳亂；另一方面早期種植的芋頭可趕在農曆七月民間普度時來販售，而晚期的則可在冬至及農曆年期間供應市場。如此一來，絕不會因供過於求而形成滯銷，甚至逢年過節價錢也會比平時好，可說是兩全其美。

「阿爸，食點心囉！」阿秀提著一個小竹籃，已來到田埂上。

「阿秀啊，妳今仔日敢毋免去學堂讀書呢？」槌哥邊走邊問。

「阿爸，今仔日是禮拜日，毋免去學堂啦。」

「妳看，阿爸作穡作佫戇去，竟然𡃏記咧今仔日是禮拜日。」

「阿爸，阿母煮麵線，叫你趁燒緊食，才𡃏瀾糊糊。」阿秀說著，從竹籃裡端出一碗熱騰騰的麵線，遞給他說。

「咱兩個相佮食。」

「阿母有先添一碗予我食啦。」阿秀以一對水汪汪的大眼睛看著槌哥，「阿爸，趁燒，你緊食。」

槌哥點點頭，微微地笑笑。

「阿爸，咱這坵園原在欲播芋是毋？」

「是啦，這坵毋爾是澹園，土質也較肥，適合播芋。而且芋的價數也𡃏歹，伊也是咱兜主要的收入。阿秀啊，妳著認真讀冊，阿爸相信用咱年年賣芋的錢，一定有夠予妳佮恁小弟去台灣讀大學，將來才會有前途。」

「阿爸，你一日到暗攏無通歇睏，實在有夠辛苦得。我大漢毋去台灣讀書啦，我欲共你湊作穡。」阿秀天真地說。

「妳毋免煩惱，阿爸的身體勇各若牛得，會堪的拖磨。阿爸這世人上大的心願，著是請天公祖保庇俺嬤長歲壽，保庇恁姊弟快樂大漢、認真讀書、守本份捌道理，將來佇社會才佮人會徛起；無管將來大漢行到啥物所在，毋通共這塊生咱飼咱的土地放予𣍐記得。」槌哥神情凝重地說。

「阿爸，你講的話，我會記囥頭殼內。」阿秀嚴肅地說。

「雖然阿爸無讀書，是一個古早人講的青瞑牛，一日到暗攏是佇山咧作穡，但是我認份。既然是作穡人，著成一個作穡人的樣，除了認真揹力去種作，對序大人著有孝、對家庭著照顧、對某囝著關心、對鄉里的事志著熱心、對老大人著尊敬，這攏是咱為人處事的道理。這陣共妳講這，妳可能聽無啥物有，毋扗妳會使沓沓仔去想、沓沓仔去體會。」槌哥語重心長地說。

「阿爸，我這陣已經讀小學六年級呢，你講的話我聽有啦！你有孝俺嬤我嘛看會出來，你對阿母佮阮的關心我嘛感受會著。」阿秀認真地說。

「這攏是我應該做的啦，也會使講是我的本份。人若無守本份，無管做偌大的官，趁偌濟的錢銀，攏無路用。這點也是為人處事的原則。」

「阿爸，你講的這話，佇學堂先生攏有教著。雖然你細漢無讀冊，但是捌的道理誠濟。阿爸，我毋爾會聽你的話，嘛會好好佮你學習。」

「聽恁俺嬤咧講，阿爸細漢的時陣發燒、燒過頭，頭殼變戇戇，也著是像恁講的傻瓜啦……。」

「有啦，我捌聽俺嬤咧講。」阿秀說著，突然笑了出來，「俺嬤擱講，你從佮阮阿母湊陣食了後，煞愈變愈巧，愈變愈識，較早講話會重句，這陣攏𣍐。俺嬤講是天公祖佮祖公佇保庇啦！」

「俺嬤講的無毋著，阿爸較早戇戇，才會予人叫槌哥。這個名雖然無啥物好聽，但是叫習慣著變自然，較早俺公也是按爾叫我，這陣俺嬤佮恁阿母也是按爾叫我，鄉里人也是按爾叫我。雖然逐個叫我槌哥，毋拄人的價值毋是佇伊的名字，妳看阿爸這陣敢抑擱有戇戇槌槌？」槌哥毫不在意地笑著說。

「無啦！」阿秀得意地，「這陣誠濟人攏嘛佇俺嬤佮阿母的面頭前咧呵咾你，做你的囝兒我嘛感覺仔誠光榮。」

「這世人會當做一家人是緣分啦！阿秀啊，尤其咱兩個，擱較著珍惜咱這陣的爸囝緣。妳的生爸阿生過身時，妳已經幾落歲啦，妳對伊定著抑擱有淡薄仔印象，這種事志是嬒瞞人得。雖然恁阿母無棄嫌我當年戇戇，欲佮我湊陣做、湊陣食，這陣也有小弟啦，擱無偌久又擱會加一個，但是阿爸共妳保證，恁攏是俺嬤的乖孫，是阿爸佮阿母的乖囝，絕對無人會有大細心！」

「阿爸，我知影你疼我，我毋爾會聽你的話，也會認真讀書，絕對嬒予你失望！」阿秀有些哽咽。

「按爾著好、按爾著好。」槌哥拍拍她的肩膀並囑咐她說：「阿爸麵線食完啦，妳共籃仔摜倒去，通共恁阿母湊育小弟，我也通擱來去作穡。」

「阿爸你毋通作傷晚……。」阿秀提著小竹籃，紅著眼眶，緩緩地往回家的路上走。

槌哥目睹她的背影，內心的確有許許多多的不捨。既然阿生哥已離她們遠去，而彼此又有緣成為一家人，照顧她們母女是他義不容辭的事。如果不是春桃當年沒嫌棄他戇戇又槌槌而願意和他生活在一起，他那會有今天？因此，人不僅要懂得感恩，也要知道惜福，倘若此生為她們而打拚，亦無什麼不可。況且，母親也因為有春桃這個賢慧的媳婦，有阿秀這個乖巧的孫女，而顯得心曠神怡；加上阿弟仔的誕生，更讓她心滿意足。如果個個都像哥哥那樣讓她「氣身惱命」，她老人家何能活得那麼愜意？可見家庭的和諧與倫常是多麼地重要啊！更何況家有一老、猶如一寶，這何嘗不是他們的福氣。

當田裡的芋頭莖長到尺來高，當晶瑩剔透的露珠在翠綠的芋頭葉上滾動時，放眼望去，昔日俗稱的狀元田，莫不是綠油油的一片，讓人目不暇給。為了實踐對母親的承諾，槌哥如法泡製，讓母親坐在手推車上面，只是陪伴在她身旁的阿秀，已換成阿弟仔；春桃身上背負的亦非出世不久的「紅嬰仔」，而是腹裡的胎兒。

槌哥緊緊地握住手推車的握把，深恐不小心而出意外；阿秀右手也握住推桿，似乎想在上坡時出點力，以減輕父親的負荷；大腹便便的春桃則跟著他們慢慢地走著。如此的景象在多年前曾經有過，只是時空背景與心情有所不同而已。當年槌哥隱瞞著母親，惟恐哥哥那四塊已成為草埔的狀元田，一旦讓她發覺，勢必會傷心難過，故而想盡種種辦法，刻意地不讓母親經過那片雜草叢生的田地。即使是用心良苦，善意地欺瞞，但總是不該。如今時空已丕變，環境亦已改觀，陪著母親重臨這片田地的心情已不能同日而語。

「俺娘，妳有看著無，對面彼塊綠翠翠的園，著是咱播芋的芋園。」槌哥指著前方說。

「俺娘，芋秆已經有阿秀啊半人懸啦，只要咱共芋草摳予清氣，共芋蟲掠起來，共糞埋予好，今年這冬芋穩當有通收成。」春桃興奮地說。

「俺嬤，阮阿爸佇掠芋蟲實在有夠厲害得。伊掠一尾，捏死一尾，芋蟲的腹肚腸仔攏嘛流流出來，實在有夠恐怖得！毋拄阮阿爸伊攏無咧驚。」阿秀說著，內心似乎亦有些驚恐，但卻也敬佩父親掠芋蟲的勇氣。

烏番嬸目視著前方，專心地聆聽兒媳與孫女的敘說，而後不斷地點頭微笑，內心的喜悅不僅隱藏在她的心裡，卻也寫在她的臉上。

「槌哥啊，今仔日恁老爸若無死，看著你這個戇囝赫爾搰力佇種作，伊的心肝內毋知會偌歡喜。」烏番嬸看看他，含笑地說。

「俺娘，咱今仔日有這園通種作，是祖公祖嬤的庇蔭；有通收成，是天公祖咧保庇，我佮春桃拄拄盡著作穡人的本份爾爾。既然咱這世人註定是作穡命，著佮這塊土地有分割𣍐斷的關係。俺娘，妳是生我的老母，但是若無祖公留落來的這田園，一定無法度通種作。無種作，著無收成；無收成，著無五穀通飼阮兄弟仔大漢。認真講起來，這田園佮俺娘仝款偉大，攏是阮的老母，阮會永永遠遠記囥心肝內。」槌哥感性地說。

「槌哥，你講的無毋著，既然咱生佇這塊土地，著認同這塊土地；既然咱是作穡命，田園著是咱的衣食父母；但是有土地、有田園，也著欲認真搰力去種作，才有收成。雖然這陣清平啦，時機嘛變誠濟，一四界攏佇起新厝，車路墘赫瘦園仔若欲共賣去，睏一醒起來，咱兜已經是上千萬的好額人。若共彼錢囥銀行，月月有內錢通提，咱會使毋免種作著有通食。槌哥，我知影你是一個𣍐忘本、𣍐背宗的乖囝，無管人出偌濟價數，你猶原𣍐動心，猶原欲共祖公留落來的這田園，靠該己的氣力來種作，無咧數想賣祖公的田園來好額。你的做法，毋爾鄉里人呵咾，嘛予我這個老歲仔感動佫強強欲流目屎。」烏番嬏說後，眼眶也紅了。

「俺娘，錢銀人人愛，擱較濟嘛無人會嫌。但是錢銀著靠該己來拍拚才有意義。祖公留落來的田園厝宅，是欲予囝孫代代相傳，是欲予囝孫知影伊彼當時墾荒的艱苦，伊的價值毋是錢銀買會著得。聽講古早時，不孝的囝孫若共田園厝宅賣去，會予人講是了尾仔囝。」

「這陣了尾仔囝誠濟，咱兜嘛出一個……。」烏番嬏尚未說完。

「啥物？」槌哥和春桃訝異地。

「恁兩個毋免瞞我，恁是毋是提錢共恁阿兄買彼四坵園？」烏番嬏慢條斯理地說，情緒似乎沒有太大的波動。

「俺娘……。」槌哥剛開口。

「你毋免講，我心肝內知知得。阿章這個了尾仔囝心肝誠雄，伊這逝倒來的目的著是想欲賣彼四坵園，若是賣無成，伊定著會佮恁膏膏纏，𣍐赫緊就倒去台灣。我知影恁翁仔某的用心，提錢共買起來，才𣍐予這四坵園變別人的。」烏番嬏搖搖頭，語重心長地說。

「俺娘，妳哪會知影赫濟咧？」槌哥不明就理地問。

「我會生恁，敢予恁瞞騙會咧過？」烏番嬏淡淡地說，「我老啦，無氣力啦，為著欲佮恁翁仔某參赫孫湊陣食幾年仔，我才無佮彼個了尾仔囝車拚，毋是我佇驚伊啦。」烏番嬏內心似乎有無長的感慨。

「俺娘，這項事志既然已經過去著煞煞去啦。若是咱的田園會當留落來，又擱無拍歹兄弟之間的感情，了淡薄仔錢𣍐要緊。而且這錢毋是去予別人，是去予該己的阿兄提去，我佮春桃攏𣍐怨歎啦！」槌哥說。

「是啦，俺娘，咱有通食、有通穿，無欠缺赫錢啦！人講有人著有錢，錢銀擱沓沓趁著有。既然阿兄伊欲用赫錢去買厝、買車，咱也莫去佮伊計較，祖公彼園會當留落來比啥物較重要。」春桃安慰她說。

「我知影恁翁仔某有量，俗語話講：有量才有福！我相信天公祖佮咱祖公祖嬤毋爾會保庇恁、也會補償恁！」烏番嬏雙手合十、虔誠地祈求著。

「俺娘，妳若長歲壽，大細若平安順贖，其他的攏𣍐要緊啦！」槌哥說後，手推車也上了田埂，「俺娘，芋園到啦，咱落來去看看好無？」

槌哥緊緊握住手推車把手，春桃攙扶著烏番婸，阿秀則牽著弟弟，讓他們安全地下車。而後烏番婸右手牽著阿秀，左手則牽著阿弟仔，祖孫三人迎著微微春風，含笑地站在田埂上。面對著那片綠油油的芋葉，再看看足足有小孫子手臂粗的芋莖，復又目視著「掘」的整整齊齊的「園邊」。於是，烏番婸多皺的面龐盈滿著得意的笑靨，既然生來是作穡命，就必須像一個作穡人的樣子，槌哥這個戇囝、春桃這個好媳婦，他們都做到了，她還有什麼不放心的呢？如果死亡能讓她自由選擇的話，她願意在此時閉上雙眼，在無病無痛、無憂無慮、無牽無掛的情境下，長眠在這片青蒼翠綠的原野上，倘能如願，那是多麼地愜意啊！只是惟恐天不從人願……。

「俺娘，妳是咧想啥物，看妳想佮戇神戇神？」槌哥走近她身旁，笑著問。

烏番嬸雖然抿著嘴，則難掩內心的喜悅。

「阿爸，俺嬤佇看芋園啦！」阿秀天真地說：「伊咧看你有共芋草摳清氣無？有共芋蟲掠完無？」

「阿秀啊，毋是按爾啦！妳看，俺嬤的目睭金金相，伊是佇看祖公留落來這田園，我有認真佇種作無？園邊有搰力佇掘無？伊是驚我貧憚毋種作，五穀無收成，會予恁枵腹肚啦！」槌哥說。

「俺嬤，」阿秀仰起頭，以一對烏溜溜的大眼睛看著烏番嬸，而後問：「敢是按爾？」

「俺嬤這陣拄拄仔咧想：生恁爸這個戇囝，娶恁母這個好新婦，育恁這兩個乖孫；看著恁爸搰力咧種作，看著恁母勤儉咧理家，看著恁沓沓咧大漢，俺嬤這世人敢抑擱有啥物通好怨歎得！」烏番嬸撫撫她的頭，紅著眼眶說。

「俺嬤，妳哪會目箍紅紅？」

「戇孫也，俺嬤傷歡喜啦！」

「俺娘，妳敢有想欲落來芋園內看看得？」槌哥問。

「毋免啦，我想欲一坵一坵來去巡巡看看得。雖然誠久無來山，但是每一坵園攏有較早我佮恁老爸種作行過的跤步；無管是園內的一粒沙、抑是一把塗，攏親像是咱作穡人的生命。槌哥啊，恁毋通𣍐記得，咱著時時刻刻用一種感恩的心來對待這田園，千千萬萬毋通好好園來予變草埔，若是按爾，毋爾對不起咱的祖公，嘛對不起這塊土地！」

「俺娘，妳講的每一句話，我佮春桃攏會深深囥佇心肝內。咱這陣規家口攏徛佇園岸頂，我相信咱的感受攏仝款。作穡人離𣍐開田園，咱又擱靠這塊土地佇生存，會使講人佮土地有誠深的親密關係，俺娘，妳講著無？」

「槌哥，想𣍐到你作這幾年穡，竟然對人佮土地有赫爾深的理解，可見你有用心咧種作，嘛有用心咧體會，愈來愈有作穡人的範勢。祖公留落來的這田園，毋免驚會變草埔啦！」烏番婿興奮地說。

經過母親如此一說，槌哥已難掩內心的興奮，春桃更是與有榮焉，喜悅的心情洋溢在這個春風輕吹的原野上。為了不讓母親有任何的疑慮，為了達成母親的願望，他重新推來手推車，並囑咐著說：

「春桃妳扶俺娘、阿秀妳牽小弟，予伊兩個來坐車。」槌哥說後，雙手緊握推把，等待老少上車。

於是，全家大小又一次地環繞先人遺留下來的田園。槌哥邊推著手推車，邊把田地座落的小地名與種植的作物一一向母親述說，試圖喚起她老人家爾時的記憶和甜蜜的回憶，讓她怡悅的心情達到最高的境界。

——「俺娘，妳會記的𣍐？這坵叫做刺仔跤，咱捌疊蕃薯，抑捌種塗豆。」

——「俺娘，妳會記的𣍐？這坵叫做大墓口，咱捌種露穗，抑捌種麥仔。」

——「俺娘，妳會記的𣍐？這坵叫做戰壕溝，咱捌種大麥，抑捌種玉米。」

——「俺娘，妳會記的𣍐？這坵叫做面前山，咱捌種符豆，抑種番仔豆。」

——「俺娘，妳應該會記得，這坵叫做菜園，園頭有一個古井，泉水誠飽，規年通天攏毋捌焦過。咱種過白菜頭、紅菜頭、菜球、高麗菜、網甲蔥、山東白、包頭蓮、菜豆、符乳豆、烏鬼仔豆；嘛捌種過刺瓜、苦瓜、金瓜、角瓜佮臭柿仔；擱有芹菜、韭菜、蒜仔佮蔥……。除了咱該己食外，有時妳嘛會提去分厝邊頭尾煮。俺娘，妳會記的繪？」

「戇囝，我頭殼抑擱精神乎乎，你講的這我攏嘛會記得。想著彼陣，共恁兄弟仔放兦園頭，予恁該已佚佗，我佮恁老爸攏著落園去種作。想繪到一晃過三冬，三晃一世人，恁兄弟仔已經大漢啦，我佇這個世間也無偌久通活啦。今仔日會當佮囝新婦參兩個戇孫仔來咱山行行看看得，毋爾予我心情好，嘛予我想著較早佮恁老爸佇作穡的事志。這陣若是予我目睭閉落去，我毋爾繪怨歎，擱會微微仔笑啦！」

烏番婘內心似乎有無長的感傷。

「俺娘，等有一日阮阿兄佮阿嫂若倒來，咱規家才擱來咱山行行看看得，彼陣妳的心情一定會擱較好。」春桃說。

「對台灣彼家口我已經清心啦，講傷濟是咧加予我氣身惱命得。春桃啊，別日我若是死去，這個家著看妳啦！但是嘛毋通繪記得，除了咱這爿的祖公祖嬤著顧外，阿生彼爿的祖公祖嬤也著照起工，年節著共拜較鬧熱得，金銀紙著加抾一屑落去燒，按爾才對個會咧過。」烏番嬸語重心長地囑咐著。

「俺娘，這妳毋免煩惱，我會雙爿顧啦！」春桃安慰她說。

「春桃啊，抑擱有一項事志我𣍐使無講得，阿生彼爿的田園厝宅，這陣攏咱佇徛、咱佇種作，將來恁赫囝看啥物人去成彼爿，無管是園契抑是厝契，一定著過伊的名。傢伙各人各人好，囝孫自有囝孫福，毋通含含糊糊變成囝孫厄，按爾著毋好。」烏番嬸再一次地叮嚀著。

「俺娘，我會記得妳的話，希望我腹肚內這胎原在是一個查甫囡仔。雖然妳這陣提醒我赫爾濟事志，予我感激咧心肝內；毋拄俺娘，我看妳這陣佇講話的心情誠沉重，妳還是毋通想想赫濟，該已著保重啦！」春桃又一次地安慰她說。

「抑擱有一項事志，恁兩個攏著共我記得。我對台灣彼家口、對阿章彼個了尾仔囝、對彼個目睭生佇頭殼頂的北仔查某，已經𣍐講得清心啦！有一日我若四跤拔直去，叫個毋免倒來送我！」烏番嬸激動而憤慨地說。

「俺娘，妳毋通講講赫啦！」槌哥皺著眉頭說。

「槌哥，咱擱共俺娘抶來去四界行行看看得。」春桃不忍心地看她如此的傷感。

「毋免啦，該看的我已經看過啦，該講的我嘛已經講過啦……。」烏番婆竟有些哽咽。

槌哥和春桃看到如此的情景，內心似乎有莫名的感傷。原以為全家大小陪著母親上山，是想讓她看看先人遺留下來的田園並沒有荒廢成草埔，更想讓她親眼目睹兒媳耕耘這片田地的用心，以及激起彼時她與父親同甘共苦從事農耕的種種回憶。即使部分目的已達成，但卻引起她不必要的感傷，的確是他倆意想不到的事。

「俺嬤，妳哪會目箍紅紅，是咧想俺公呢？」阿秀輕輕地撫了她一下臉龐，不捨地說。

「俺嬤咧想，有一日恁若大漢，毋知會離開咱這塊土地繪？」烏番婆用手拭了一下眼角。

「俺嬤，阮阿爸叫我著認真讀冊，大漢通去台灣讀大學，到時若是離開，也是暫時得啦。就親像佇大樹頂做岫的鳥仔，伊若是大隻翼鼓硬著會飛出去；但是飛出去嘛會擱飛倒來歇岫，而且擱會曉通咬蟲倒來飼鳥爸、飼鳥母。俺嬤，我講的這個小故事，國語叫做反哺。妳看，鳥爸佮鳥母共鳥囝飼大，鳥囝大隻了後嘛會曉去揣食的物件倒來飼鳥爸、飼鳥母。阮姊弟是俺嬤照顧大漢的，是阮阿爸阿母飼大漢的，阮會親像鳥仔彼一樣，若是翼鼓硬飛出去，會擱飛倒來歇岫，嘛會來反哺，絕對𣍐放序大人毋顧，該已溜溜去！」

「戇孫也，想𣍐到妳這個小學生著會曉按爾想，較贏恁彼個溜溜去的大學生阿伯仔萬百倍。想著較早恁老爸予俺嬤咧煩惱，這陣恁這家口才是俺嬤上大的安慰！俺嬤老啦，欲歇睏啦……。」烏番嬸說後，微微地閉上眼，雙手握住橫桿，從容不迫地坐在手推車上。

然而，當槌哥推著她緩緩地往回家的路迴轉時，她不再睜大眼睛看看週遭的山林原野，因為已無閒情逸致；也不再牽掛先人遺留下來的田園會成為草埔，因為一切有兒媳來擔當；更不想再回顧和老伴一起從事農耕的情景，因為不久即將在天堂見面。於是，一抹充滿著幸福的微笑，就那麼自然地浮現在她的嘴角，在沒有任何病痛和牽掛下，烏番嬸僅在她那張古老的眠床上躺了幾天，即使有槌哥和春桃隨侍在側、細心照顧，然終因年邁而多重器官衰竭，優雅地向人間揮手說再見，逕自走向西天的極樂世界……。

尾聲

儘管槌哥和春桃曾歷經失怙之痛，可是母親的往生更讓他們傷心欲絕。然而人生畢竟有生亦有死，任誰也難逃這道關卡，只是遲早的問題罷了。雖然烏番嬸生前曾說過：「我對台灣彼家口、對阿章彼個了尾仔囝、對彼個目睭生佇頭殼頂的北仔查某，已經𣍐講得清心啦！有一日我若四跤拔直去，叫個毋免倒來送我！」縱使這句話言猶在耳，但只不過是她生前的氣話而已，槌哥依然忍受著悲痛的心情，火速地把母親的噩耗告知兄長。想不到華章竟以陪老婆出國旅遊在即，無暇回來送母親一程為藉口，不願踏上這座孕育他成長的島嶼略盡孝道。其大逆不道的行為，非僅讓人不敢苟同，也枉費父母親養育他的苦心，的確是「一樣米飼百樣人」啊！幸而烏番嬸有言在先，才免於遺憾終身、死不瞑目。

設若槌哥仍舊處在兒時既槌又戇的情境下，而這個家依靠的又是華章，如今華章又以陪老婆出國旅遊為藉口，不願回來協助料理母親的喪事或送母親一程，果真如此，想必躺在水床上等待入殮的烏番嬸死也不會瞑目。幸好蒙受天公祖的保佑，讓槌哥這個孝子的心智在成年後能完全地恢復正常。如果不是失學，以他目前的智商來說，豈會輸給「娶某綴某走」以及處處和他計較的兄長。故而，他將和春桃攜手、扛起料理母親喪事的一切事宜。

縱使春桃係因寡居並在烏番嬸的慫恿與自己的意願下，始與當年仍然槌槌戇戇的槌哥結成連理，但不明就裡的華章曾不屑地斥責他說：「若欲娶，嘛著去娶一個在室女，哪會去娶一個死翁又擱生過囝的查某。你若無戇、無槌，無人欲相信啦！」可是兄長並沒有想過，他娶到春桃這個死翁又擱生過囝的查某，比他那個目睭生佇頭殼頂的北仔某強上好幾倍。他那個氣質好又漂亮的北仔某，曾經讓母親「氣身惱命」；春桃這個死翁又擱生過囝的查某，則備受母親的肯定與村人的贊賞。他那個結婚多年的「在室女」某，並沒有替他生下一男半女，往後勢將成為孤單的老人；而他這個「死翁的查某」則為他添了小壯丁，讓他後繼有人。兩相比較，是誰「戇」、誰「槌」呢？或許，戇的和槌的依然是他，只因為他是兄嫂心目中，永遠不能改變的槌哥！

即使槌哥和春桃曾一起料理過父親的喪事，而春桃則多了一次處理前夫後事的經驗，烏番嬸的死儘管讓他們悲傷難忍、痛哭流涕，但夫妻倆依然得打起精神綜理全盤事宜。向來孝順的槌哥希望能讓一生勞苦的母親風風光光上山頭，於是交代主事者，不僅要增聘古樂與西樂，也要租用白亭、藍亭、紅亭與魂主轎來「湊鬧熱」，並在母親的棺木上罩上有白花與白鶴裝飾的「棺罩」，如此的陣頭再加上村人與親朋好友來相送，其出殯的隊伍綿延了數百公尺，比當年烏番叔「出山」時，還要風光、還要「鬧熱」。

前來送殯的親友們除了同感悲傷與不捨的氣氛外，也不斷地誇讚烏番嬸生前的為人處世與樂於助人的種種事蹟，更是順機讚揚槌哥的孝順與春桃的賢慧，也同時批評華章夫妻的大逆不道。可是人死不能復生，當樂隊在塋前奏起天人永隔的哀樂時，烏番嬸在兒媳與孫子們各自撒下一把泥土後終於長眠在依序排列的公墓裡，而非經過地理師堪輿過的風水佳塋，似乎也印證了「心肝若好，風水免討」的俗語。然而縱使如此，她靈身所處的畢竟是這塊孕育她成長卻又讓她老去的土地；而這塊土地不僅與她有分割不斷的臍帶關係，更有深厚的情感存在。因此，不管其葬身何處，都可以從兒媳替她選購的「大厝」縫裡，聞到故鄉泥土的芬芳。

烏番嬸往生後不久，春桃又添了一個小壯丁，如果說天不從人願，有時卻也不見得。無論是蒙受天公祖的恩賜，或是龕裡的列祖列宗在保佑，抑或是基於生理上某些因素的使然，所有的一切都改變不了春桃又添丁的事實。雖然母親往生的傷痛尚未癒合，但槌哥和春桃夫妻倆，卻不得不以一顆歡悅之心來迎接這個小生命的來臨。或許「兩爿」的祖公祖嬤都「有靈有顯」，才有這個小壯丁的誕生。往後兄弟倆將分別延續兩個家族的香煙，各自繼承自家的田園厝宅，唯一的是長大後不論是從事農耕或向外發展，萬萬不可遺忘這塊孕育他們成長的土地。縱使像鳥兒翅膀長硬而飛出去，亦毋忘回巢，更應懂得反哺。

烏番嬸的死，小壯丁的誕生，原本人手就不足的家，如今更是雪上加霜，槌哥和春桃幾乎每天都忙得不可開交。幸好阿秀放學後能幫忙照顧弟弟，好讓春桃煮飯做家事或餵養家畜家禽。儘管山上的工作全由槌哥一人獨扛，但遇到農忙季節，春桃亦只好揹著「細漢」的，牽著「大漢」的一起上山；然後讓大漢的在田埂上或樹蔭下自個兒玩耍，自己則揹著細漢的下田幫忙。這種景象即使在農家常見，可是若以他們家的經濟狀況而言，似乎也不必那麼辛苦。

然而，為了不讓先人遺留下來的田園荒廢成草埔，為了堅持與這塊土地同甘共苦，再怎麼勞累也甘之如飴，只因為他們生來就是與這塊土地相依為命的作穡人。倘若抱持著投機的心理，一旦把座落於車路墘那幾塊田地賣給建商建屋，即能在一夕間致富，全家大小足可過著豐衣足食的富饒生活，又何須那麼辛苦。但是這個想法並非是他們的本意，也與他們的原始初衷背道而馳。他們維護田園的心永遠不會改變，非僅不會讓它荒廢成草埔，亦絕不貪圖自身的富厚，做一個出賣祖業的了尾仔囝，讓人恥笑終身。夫妻倆將效法先人蓽路藍縷艱辛締造家園的苦心，一步一個泥腳印，無怨無悔地帶著子孫邁向幸福人生的康莊大道，以慰父母親在天之靈……。

（全文完）

原載二〇一二年六月十三日起至九月十六日止

《金門日報・浯江副刊》

守著田園守著家

——《槌哥》後記

隨著時序的更迭，隨著門外的木棉花開花又落，我終於把《槌哥》這篇小說寫完。即使槌哥只是現下社會裡的一個小人物，然而「戇囝」非僅能「飼爸」又能「埋爸」。相較於其受過高等教育的兄長，學成後非僅對家庭不聞不問，卻又處處和弟弟計較，始終把他當成戇人來看待；不僅有「軟土深掘」的意味，甚至拈斤播兩，「食伊夠、夠、夠！」縱然樣樣讓他得逞，事事讓他稱心如意，但終究還是人算不如天算。當年弟弟分到的「狗屎埔」，如今已成為建商爭先搶購的「狀元地」，一旦出售即可在一夕間致富。而他那幾塊既肥沃又濕潤的「狀元園」，在出租不成又不願白白給弟弟耕種的情境下，終於荒蕪成草埔。不管這個活生生的例子是他咎由自取？還是天公疼戇人？毋寧都是現時社會最真切的寫照。俗語說：「識也佮戇也差無偌濟」或是「識皮包戇餡」，果然有它的道理。

當我們看到槌哥把中風的父親「扶起扶落」，伺候他進食以及替他清理排泄物的情景；當我們看到槌哥用手推車推著行動不便的母親，上山「行行看看」的畫面，我們不禁要問，時下又有幾多年輕人能有如此的能耐？烏番叔夫婦原本把希望全寄託在既「識」又「巧」的大兒子身上，想不到侍奉兩老終身的竟是大字不識一個的「戇囝」。而在台灣讀完大學的大兒子，學成後彷彿已成為異鄉人，除了瞧不起這塊生他育他的土地，甚而在異鄉成家立業後，對遠在家鄉的父母親亦不聞不問。由此可見，孝順父母與所受教育是不能劃上等號的，「識」或「戇」亦沒有絕對的關聯。它必須源自子女們心靈深處真誠的流露，始能讓「孝」字深植每個人的心中，繼而地身體力行、發揚光大。但縱令如是，行孝也要及時，以免造成「樹欲靜而風不止，子欲養而親不待」的遺憾；俗語不也說：「生前予伊食一粒塗豆，較贏死後拜一個豬頭。」

槌哥一生可說充滿著傳奇，我們姑且不論是「天公疼戇人」或是「戇人有戇福」抑或是「祖公祖嬤咧保庇」。倘或沒有他的孝心和勤奮，以及自認為是作穡命而守著田園、守著家，復與土地衍生出一份血濃於水的深厚情感，想必他亦不過是隱逸在農村裡、一個卑微的小人物而已，豈敢在兄長面前據理力爭，讓先人遺留下來的田園免予淪落他人手中。即使成年後與春桃生活在一起的時光裡，其智能竟奇蹟似地恢復了正常，嚴重的口吃也獲得改善，的確讓人感到欣然。所謂「人咧做、天咧看啊！」我們不得不信服先人留下這句話的意涵。如果他置父母生死於不顧，不能讓他的孝心感動天、感動地，或是誠如晶晶對華章所說的：「不管是拜天公或拜你們家祖宗十八代，要拜你儘管去拜，我是不吃這一套的！」我們暫且不說敬天拜神是否真能獲得祂們的保佑，但人豈可忘本，焉能對神明不敬？果真如此，所有的情況勢必全然改變，槌哥仍舊是兄嫂眼中不屑一顧的「戇人」，先人遺留下來的田園厝宅，或許早已被居心叵測的兄長變賣一空。

設若以家世來說，春桃這個死翁又生過囝的查某，是不能與華章那個北仔某晶晶相提並論的。然而，儘管春桃只是一個平凡的家庭主婦，既不識字又不懂得妝扮，甚至其外表顯得比實際年齡還「臭老」，但卻是一個懂得相夫教子、勤儉持家、敦親睦鄰、孝順公婆的傳統女性。除了深獲烏番嬸的肯定，也備受村人的贊賞。相對於晶晶那個北仔查某曾對華章說：「看到你那個半身不遂的爸爸斜著頭口水不斷地流，我就想吐！看到你母親那副高高在上的惡婆婆德性，我就生氣！看到你那個傻乎乎的弟弟晃頭晃腦阿、阿、阿，阿半天還說不出一句話，我就噁心！」對於這個「書讀佇加脊骿、目睭生佇頭殼頂」沒有同理心的媳婦，難怪烏番嬸會「清心燸火」。要不是有槌哥和春桃的服侍，烏番嬸在老伴過世後的幾年間，焉能過著含飴弄孫的愜意生活；甚至當她享盡天年時，也是毫無病痛、毫無牽掛、毫無遺憾，逍遙自在地走向西天的極樂世界。

仔細地一想，既然這篇小說已書寫成章，理應不該對文中的人物和故事再作任何的詮說。然而，此時我欲探討的非僅僅只是親情與人性的問題，人與土地間的情感亦在我的關注範圍之內。儘管隨著大環境的改變，致使人們對價值觀有不同的認定。誠然有人因變賣祖產而在一夕間致富，成為現實社會裡人人羨慕的「田僑仔」，但卻也有人守著田園辛勤地耕耘不讓它荒蕪。只因為先人遺留下來的田園厝宅，其紀念意義遠勝實質價值。他們情願守著田園守著家，做一輩子安貧樂道的作穡人，也不願貪圖一時的享受，輕率地去變賣祖產。倘若因某些事故而必須休耕，其產權畢竟還是屬於自己的，往後只要經過整地依然可以復耕；一旦賣掉想重新再買回，已是不可能的事。尤其當自己的良知受到金錢蒙蔽、成為勢利短視之人時，或許，其想法就猶如華章所說的：「祖公、祖公，祖公伊咧陀位，你敢有看著？祖公攏是假的，錢銀才是真的啦！」假若真出了這種不肖的子孫，勢必會讓人「氣死驗無傷」。

回顧那個務農為生的年代，土地可說是作穡人的希望，田園何嘗不是農人的瑋寶？沒有土地就沒有家，沒有田園就不能耕種，沒有五穀人類就不能生存，這是一個多麼嚴肅的問題啊！然而，當我們對上述有所體認時，必能領會到先人蓽路藍縷艱辛締造家園的苦心。可是隨著科技的發達、時代的進步，人們對傳統觀念與價值觀亦有重大的改變。儘管把先人遺留下來的祖業發揚光大者有之，可是，靠著變賣祖產而在一夕間致富，復又花天酒地、散盡錢財的了尾仔囝亦不在少數。甚至有些政客為了籌措選舉經費，不得不把先人遺留下來的土地一筆一筆賤賣掉，然後以金錢換取選票。縱令有人僥倖當選，但賠上祖產又落選者亦不計其數。俗語說：「一樣米飼百樣人啊！」必有它的義理存在。

掐指一算，無情的光陰已輾過我近七十年的人生歲月，若非爾時貧寒的家境讓我輟學、成為父親農耕的幫手，現下何能寫出槌哥耕田種地的情景。遙想當年，無論是「枷車」、「牛」、「犁」、「耙」或是「鋤頭」、「三齒」、「畚箕」；或者是「播芋」、「種塗豆」、「疊蕃薯」、「種露穗」；抑或是「擔粗」、「擔糞」、「洗豬椆」、「擔豬尿」；甚至「犁園」、「拍股」、「撖蕃薯」、「扗園頭」、「掘園邊」……等等，大凡與農耕相關的「穡頭」，幾乎樣樣都歷經過。父親身分證職業欄裡清楚地記載著「自耕農」，而我記載的則是「助耕」，父子兩人可說都是道道地地的作穡人。縱然這段往事已歷經五十餘個春夏和秋冬，但如今想來則依舊歷歷在目，它似乎也是促使我書寫《槌哥》這篇小說、來探討作穡人與土地之間所衍生的情感問題。然而，隨著大環境的改變，隨著教育的普及化，此時此地沒有受過中、高等教育的青年反而是少數。可是有些年輕人學成後非僅未能學以致用，甚至好高騖遠、好吃懶做，寧願受雇於他人當廉價勞工，或是在家「靠爸」當「米蟲」，也不願在自家的田地上耕種。而老一輩的「作穡兄」，不是年老體衰就是逐漸凋零，故此，廢耕的田地不知凡幾。它不僅是人和土地之間的感情逐漸疏離的主因，也是人和土地共同的悲哀！

《槌哥》這篇小說和我之前所書寫的《了尾仔囝》可說有異曲同工之處，文中的人物對話大部分均以閩南語來呈現。可是教育部迄今尚未訂定出一套標準的閩南語字詞，致使我不得不以國立編譯館主編的《臺灣閩南語辭典》做為參考依據。縱使能從辭典裡找出通俗字或代用字，但是尚有部分文字未輸入電腦，故此在我目前使用的《大易二碼輸入法》裡，無法找到它的字根，只好以同音或同義字來取代。甚至在某些字句方面，如純以文字來看，似乎會有一時難以意會之感。然若整句把它連結後轉換成閩南語來閱讀，必可融會在島鄉文化與鄉土語言的領域裡，讓人有「美不美，故鄉水；親不親，故鄉人」的親切感。即便如此的創作方式耗費我較多的工夫，但一個在這座島嶼苦心孤詣的筆耕者，的確有義務把之前鮮少人用來作為小說人物對話的母語，透過文本重新記錄復作傳承。儘管不能作更完美的詮釋，但聊勝於無，我不僅相當在意，也備感珍惜。如果鄉親父老及讀者們能接受我如此的書寫方式，往後我創作的方向必將朝這方面來努力。尤其是這座島嶼有它獨特的歷史文化與風土民情，可書寫的題材不勝枚舉，無論我生命中的黃昏已來到，或是落日即將西沉，只要身體能夠負荷，我仍然會與熱愛的文學相偎倚，直到黑夜籠罩大地、生命歸零為止。

今年，我相繼出版了《了尾仔囝》、《花螺》、《槌哥》三本小說，以及論述《不向文壇交白卷》等四本書，如此之速率，確乎讓自己也感到意外。可是我並沒有沾沾自喜或得意忘形，心中惟有一個意圖，那便是：不管西天的落日何時沉入海底，不管黑夜何時籠罩大地，我只想趁著生命中的夕陽尚未西下時刻，為這塊歷經苦難的土地略盡一份綿薄心力。然而，卻也因自身所學有限、見聞不廣，故此學力不深、知識淺薄，難以用較深厚的文辭來顯現，僅能以平鋪直敘的手法與通俗的語言，來詮說我心中欲表達的意象。倘或這樣的創作方式能蒙受讀者諸君的青睞，我的心願便已達成，所有的付出也是值得的，我焉能再作無謂的要求。

原載二〇一二年九月二十三日
《金門日報・浯江副刊》

寫作記事

一九四六年　八月生於金門碧山。

一九六一年　六月讀完金門中學初中一年級因家貧輟學。

一九六三年　一月任金防部福利單位雇員，暇時在「明德圖書館」苦學自修。

一九六六年　三月首篇散文〈另外一個頭〉載於《正氣中華日報．正氣副刊》。

一九六八年

二月參加救國團舉辦「金門冬令文藝研習營」，講師計有：鄭愁予、黃春明、舒凡、張健、李錫奇，以及在金服役的詩人管管等，為期一週。除楊天平老師、洪篤標先生與作者係來自社會階層外，餘均為本地國、高中在學學生。現今活躍於金門文壇的作家與文史工作者例如：黃振良（曉暉）、黃長福（白翎）、林媽肴（林野）、李錫隆（古靈）……等，均為當年文藝營學員。

一九七二年

五月由金防部福利單位會計晉升經理，並在政五組兼辦防區福利業務（金防部所屬各師及海、空指部、防砲團之福利業務，以及直屬福利營站、電影院、文具供應站、特約茶室、文康中心等業務，均由其承辦）。六月由台北林白出版社出版文集《寄給異鄉的女孩》，八月再版。

一九七三年　二月長篇小說《螢》載於《正氣中華日報・正氣副刊》。五月由台北林白出版社出版發行。七月與友人創辦《金門文藝》季刊，擔任發行人兼社長，撰寫發刊詞，主編創刊號。九月行政院新聞局以局版臺誌字第〇〇四九號核發金門地區第一張雜誌登記證，時局長為錢復先生。

一九七四年　六月自金防部福利單位離職，輟筆，在金湖鎮新市里復興路經營「金門文藝季刊社」（販賣書報雜誌與文具紙張），後更改店名為「長春書店」。

一九七九年　一月《金門文藝》季刊革新一期，由旅台大專青年黃克全、顏國民等先生接辦，仍擔任發行人。

一九九五年　創作空白期（一九七四年～一九九五年），長達二十餘年。

一九九六年

七月復出，新詩〈走過天安門廣場〉載於《金門日報．浯江副刊》，八月散文〈江水悠悠江水長〉載於《青年日報副刊》。九月短篇小說〈再見海南島．海南島再見〉脫稿，廿四日起至十月五日止載於《金門日報．浯江副刊》，該文刊出後，受到讀者諸多鼓勵，亦同時引起文壇矚目。

一九九七年

一月由台北大展出版社出版發行三書：《寄給異鄉的女孩》增訂三版，《螢》再版，《再見海南島．海南島再見》初版。三月長篇小說《失去的春天》脫稿，廿五日起至六月廿五日止載於《金門日報．浯江副刊》，七月由台北大展出版社出版發行。

一九九八年

一月中篇小說《秋蓮》上卷〈再會吧，安平〉脫稿，一月廿日起至二月十八日止載於《金門日報．浯江副刊》。五月下卷〈迢遙浯鄉路〉脫稿，廿四日起至六月十五日止載於《金門日報．浯江副刊》。八月由台北大展出版社出版發行三書：《秋蓮》中篇小說，《同賞窗外風和雨》散文集，《陳長慶作品評論集》艾翎編。

一九九九年

十月散文集《何日再見西湖水》由台北大展出版社出版發行。

二〇〇〇年

五月金門縣寫作協會「讀書會」假縣立文化中心舉辦《失去的春天》研討會，作者以〈燦爛五月天〉親自導讀。十月長篇小說《午夜吹笛人》脫稿，十八日起至十二月六日止載於《金門日報．浯江副刊》，十二月由台北大展出版社出版發行。

二〇〇一年

四月〈今年的春天哪會這呢寒〉——咱的故鄉咱的詩，載於《金門日報．浯江副刊》。十二月中篇小說

《春花》脫稿，廿三日起至翌年元月廿二日止載於《金門日報．浯江副刊》。

二〇〇二年

三月中篇小說《春花》由台北大展出版社出版發行。

四月中篇小說《冬嬌姨》脫稿，廿九日起至五月三十一止載於《金門日報．浯江副刊》，八月由台北大展出版社出版發行。十二月由國立高雄應用科技大學金門分部觀光系主辦，行政院文建會及金門縣政府協辦之「碧山的呼喚」系列活動，作者親自朗誦閩南語詩作：〈阮的家鄉是碧山〉為活動揭開序幕。散文集《木棉花落花又開》由台北大展出版社出版發行。

二〇〇三年

五月中篇小說《夏明珠》脫稿，一日起至六月十六日止載於《金門日報．浯江副刊》，十月由台北大展出版社出版發行。同月長篇小說《烽火兒女情》脫稿，廿六日起至翌年元月九日止載於《金門日報．浯江副刊》。十一月長篇小說《失去的春天》由金門縣政府列入《金門文學叢刊》第一輯，並由台北聯經出版公司與金門縣文化局聯合出版發行。十二月〈咱的故鄉咱的詩〉七帖，由金門縣文化中心編入《金門新詩選集》出版發行。其詩誠如國立台灣藝術大學副教授詩人張國治所言：「他植根於對時局的感受，對家鄉政治環境的變遷，世風流俗的易變，人心不古，戰火悲傷命運的淡化等子題關注，…選擇這種分行，類對句…、俗諺，類老者口述，叮嚀，類台語老歌，類台語詩的文類…鋪陳一股濃濃的鄉土情懷。」

二〇〇四年

三月長篇小說《烽火兒女情》由台北大展出版社出版發行。七月《金門文藝》由金門縣文化局復刊，並由原先之季刊改為雙月刊，發行人由局長李錫隆先生擔任，總編輯為陳延宗先生。八月長篇小說《日落馬山》脫稿，九月五日起至十二月廿六日止載於《金門日報・浯江副刊》。

二〇〇五年

元月〈歷史不容扭曲，史實不容誤導——走過烽火歲月的金門特約茶室〉脫稿，廿三日起載於《金門日報・浯江副刊》。二月長篇小說《日落馬山》由台北大展出版社出版發行。三月散文集《時光已走遠》由金門縣文化局贊助，台北大展出版社出版發行。四月短篇小說〈將軍與蓬萊米〉脫稿，廿七日起至五月八日載於《金門日報・浯江副刊》。七月中篇小說〈老毛〉脫稿，十日起至八月十二日止載於《金門日報・浯江副刊》。八月《走過烽火歲月的金門特約茶室》獲行政院文建會、福建省政府、金酒實業（股）公司贊助，十一月由台北大展出版社出版發行。金門縣鄉土文化建設促進會於同月二十六日為作者舉辦新書發表會。二十九日《聯合報》以半版之篇幅詳加報導，撰文者為資深記者李木隆先生。

二〇〇六年

一月〈關於軍中樂園〉載於《中國時報·人間副刊》。三月五日當選金門縣采風文化發展協會第三屆理事長。長篇小說《小美人》脫稿，廿日起至七月廿七日止載於《金門日報·浯江副刊》。六月《陳長慶作品集》（一九九六～二〇〇五）全套十冊（散文卷二冊，小說卷七冊，別卷一冊）由台北秀威資訊科技公司出版發行。八月長篇小說《小美人》亦由台北秀威資訊科技公司出版發行。十一月長篇小說《李家秀秀》脫稿，十二月一日起至翌年四月五日止載於《金門日報·浯江副刊》。同月《金門特約茶室》由金門縣文化局出版發行。該書出版後，除「東森」、「三立」、「中天」、「名城」……等多家電子媒體，針對「金門軍中特約茶室」之議題，專訪作者詳予報導外，亦有部分平面媒體深入報導。計有：二〇〇七年一月十八日，《金門日報》記者陳麗好專訪報導（刊於地方新聞版）。一月二十日，廈門《海峽導報》記者林連金報導（刊於金門新聞版）。二月十一日，台北《蘋果日報》記者洪哲政報導（刊於A2要聞版）。三月十二日，台北《第一手報導雜誌社》記者蕭銘國專題報導（刊於527期社會新聞56～58頁）。

二〇〇七年

四月評論〈再唱一曲「西洪之歌」——試論寒玉《心情點播站》〉載於《金門日報・浯江副刊》。六月長篇小說《李家秀秀》由台北秀威資訊科技公司出版發行。《金門特約茶室》再版二刷。八月散文〈風雨飄搖寄詩人〉載於《金門日報・浯江副刊》。十月長篇小說《歹命人生》脫稿，廿一日起至翌年三月廿日止載於《金門日報・浯江副刊》。同年並相繼完成：〈風格與品味——試論林怡種的《天公疼戇人》〉、〈永不矯揉造作的筆耕者——試論寒玉的《女人話題》〉、〈省悟與感恩——試論陳順德《永恆的生命》〉等三篇評論，均分別刊載於《金門日報・浯江副刊》。

二〇〇八年

六月長篇小說《歹命人生》由台北秀威資訊科技公司出版發行。八月長篇小說《西天殘霞》脫稿，九月一日起至翌年元月廿九日止載於《金門日報・浯江副刊》。並相繼完成：〈藝術心・文學情——試論洪明燦《藝海騰波》〉、〈走過青澀的時光歲月——試論寒玉《輾過歲月的痕跡》〉、〈以自然為師——試論洪明標《金門寫生行旅》〉、〈本是同根生花果兩相似——張再勇《金廈風姿》跋〉等四篇評論，均分別刊載於《金門日報・浯江副刊》。張再勇先生的《金廈風姿》，更成為二〇〇八年「第三屆世界金門日翔安大會」指定贈送與會貴賓的書刊之一。十二月短篇小說〈將軍與蓬萊米〉由金門縣文化局收錄於《酒香古意——金門縣作家選集・小說卷》。

二〇〇九年

二月評論〈攀越文學的另一座高峰——試論寒玉《島嶼記事》〉，三月散文〈太湖春色〉，四月評論〈為東門歷史作見證——試論王振漢《東門傳奇》〉均分別載於《金門日報．浯江副刊》。長篇小說《西天殘霞》由台北秀威資訊科技公司出版發行。評論《攀越文學的另一座高峰》由金門縣文化局贊助出版。五月經榮總血液腫瘤科醫師證實罹患「慢性淋巴性白血病」（血癌）。六月以散文〈當生命中的紅燈亮起〉載於《金門日報．浯江副刊》敘述罹病之過程，並以「聽天由命」之坦然心胸接受追蹤檢查與治療。評論《攀越文學的另一座高峰》由金門縣文化局贊助出版。散文〈榕蔭集翠〉載於《金門日報．浯江副刊》。七月評論〈默默耕耘的園丁——試論林怡種《金門奇人軼事》〉載於《金門日報．浯江副刊》。八月《金門特約茶室》由金門縣文化局推薦，榮獲國史館台灣文獻獎。評論〈後山歷史的詮釋者——試論陳怡情《碧山史述》〉載於《金門日報·浯江副刊》，金門宗族文化研究協會《金門宗族文化》於同年冬季號（第六期）轉載。九月起專心整理友人所寫序跋與書評，並以《頹廢中的堅持》為書名。十月「咱的故鄉咱的詩」——〈阮的家鄉是碧山〉、〈故鄉的黃昏〉、〈寫予阮俺娘的一首詩〉、〈咱主席〉、〈今年的春天哪會這呢寒〉由金門縣文化局收錄於《仙州酒引——金門縣作家選集·新詩卷》。十一月《頹廢中的堅持》整理完竣，並以〈後事〉乙文代序。十二月〈金門文藝的前世今生〉載於《金門日報·浯江副刊》，《金門文藝》雙月刊（金門縣文化局出版）於第三十四期（二〇一〇年元月）至第三十九期（二〇一〇年十一月）分六期轉載，為該雜誌留下完整的歷史記錄。

二〇一〇年

元月評論〈大時代兒女的悲歌——試論康玉德《霧罩金門》〉載於《金門日報・浯江副刊》，福建省漳州師範學院閩台文化研究所《閩台文化交流》（季刊）於同年第二季（二十二期）轉載。四月評論〈誠樸素淨的女性臉譜——試論陳榮昌《金門金女人》〉載於《金門日報・浯江副刊》。五月《頹廢中的堅持》由台北秀威資訊科技公司出版發行，評論〈源自心靈深處的樂章——試論一梅《一曲鄉音情未了》〉載於《金門日報・浯江副刊》。七月評論〈尋找生命原鄉的記憶——試論寒玉《浯島組曲》〉及散文〈神經老羅〉均分別載於《金門日報・浯江副刊》。九月短篇小說〈人民公共客車〉載於《金門日報・浯江副刊》。十月《時報周刊》資深編輯楊肅民先生、採訪編輯張孝義先生以〈解放官兵四十年八三一重現金門〉為題專訪作者，並針對《金門特約茶室》乙書詳加報導，圖文刊於一七〇二期（二〇一〇年十月一日～十月七日）出版之《時報周刊》第四十一至四十五頁。評論〈對歲月的緬懷，對故土的敬重——試讀李錫隆《新聞編採歲月》〉載於《金門日報．浯江副刊》，金門文化局《金門季刊》第一〇六期摘錄轉載（二〇一一年九月）。十一月以〈一位重大傷病者的心聲〉投書《金門日報．言論廣場》，針對署立金門醫院醫師服務態度及藐視病患之權益提出批評，《金門日報》並以「社論」〈提升醫療品質當以病人為中心〉——從陳長慶先生的投書談起，加以呼應。評論〈從歷史脈絡，尋浯島風華——試論黃振良《浯洲場與金門開拓》〉載於《金門日報．浯江副刊》。十二月散文〈風暴之後〉載於《金門日報．浯江副刊》。

二〇一二年

元月受《金門文藝》總編輯陳延宗先生之邀，撰寫【信件對談式】散文，並以〈冬陽暖暖寄詩人〉與楊忠彬先生對談。四月中篇小說〈花螺〉脫稿，十八日起至五月二十一日止載於《金門日報．浯江副刊》並針對「金門縣政留言版」二則評論，以〈花螺本無過，何故惹塵埃〉加以反駁。六月評論〈遊子心故鄉情──試讀陳慶元教授《東吳手記》〉載於《金門日報．浯江副刊》，《金門宗族文化》一〇〇年冬季（第八期）轉載，福建省漳州師範學院閩台文化研究所《閩台文化交流》（季刊）於同年第三季（二十七期）轉載，金門縣文化局《金門季刊》第一〇七期轉載（二〇一一年十一月）。散文〈重臨翠谷〉載於《金門日報．浯江副刊》，並同時進行長篇小說《了尾仔囝》之書寫。七月經榮總血液腫瘤科醫師追蹤檢查結果，白血球已由初診時的三萬八千，上升到目前的六萬一千，惟情緒並無受到太大的影響，仍然依照原計畫，繼續撰寫《了尾仔囝》。九月長篇小說《了尾仔囝》脫稿。十一月十八日起載於《金門日報．浯江副刊》。十二月金門文化局編列《金門文藝》新年度一百萬元印刷經費，遭金門縣議會全數刪除，《金門文藝》在復刊出版四十五期後，又遭受停刊的命運。散文〈寫給來不及長大的外孫〉載於《金門日報．浯江副刊》，並決定出版中篇小說《花螺》。

二〇一二年

三月長篇小說《了尾仔囝》連載完結，並進行另一部長篇小說《槌哥》之書寫。四月長篇小說《了尾仔囝》由台北秀威資訊科技公司出版發行，評論《不向文壇交白卷——《金門文藝》的前世今生及其他》獲金門縣文化局贊助出版。五月長篇小說《槌哥》脫稿，六月十三日起載於《金門日報．浯江副刊》，九月十六日連載完結，並獲金門酒廠實業股份有限公司贊助出版。中篇小說《花螺》由台北秀威資訊科技公司出版發行。九月接受《中國時報》資深記者李金生先生專訪，訪問議題為「走過烽火歲月的金門特約茶室」，該報於同月九日在「都會新聞版」以全版之篇幅詳加報導；十七日又引述作者所著《金門特約茶室》書中資料加強報導，為特約茶室這段歷史，做最完整之詮釋。

248

槌哥

釀文學121　PG0855

槌哥

作　　者　陳長慶
責任編輯　林千惠
圖文排版　陳姿廷
封面設計　王嵩賀

出版策劃　釀出版
製作發行　秀威資訊科技股份有限公司
114 台北市內湖區瑞光路76巷65號1樓
電話：+886-2-2796-3638　傳真：+886-2-2796-1377
服務信箱：service@showwe.com.tw
http://www.showwe.com.tw
郵政劃撥　19563868　戶名：秀威資訊科技股份有限公司
展售門市　國家書店【松江門市】
104 台北市中山區松江路209號1樓
電話：+886-2-2518-0207　傳真：+886-2-2518-0778
網路訂購　秀威網路書店：http://www.bodbooks.com.tw
國家網路書店：http://www.govbooks.com.tw
法律顧問　毛國樑　律師
總 經 銷　聯合發行股份有限公司
231新北市新店區寶橋路235巷6弄6號4F
電話：+886-2-2917-8022　傳真：+886-2-2915-6275

出版日期　2012年11月　BOD一版
定　　價　300元
贊助出版　金門酒廠實業股份有限公司

Printed in Taiwan

國家圖書館出版品預行編目

槌哥 / 陳長慶著. -- 一版. -- 臺北市：釀出版,2012.11
面； 公分. --（語言文學類）
BOD版
ISBN 978-986-5976-79-8（平裝）

857.7 101019689

讀者回函卡

感謝您購買本書，為提升服務品質，請填妥以下資料，將讀者回函卡直接寄回或傳真本公司，收到您的寶貴意見後，我們會收藏記錄及檢討，謝謝！如您需要了解本公司最新出版書目、購書優惠或企劃活動，歡迎您上網查詢或下載相關資料：http:// www.showwe.com.tw

您購買的書名：______________________

出生日期：________年________月________日

學歷：□高中（含）以下　□大專　□研究所（含）以上

職業：□製造業　□金融業　□資訊業　□軍警　□傳播業　□自由業
□服務業　□公務員　□教職　□學生　□家管　□其它_____

購書地點：□網路書店　□實體書店　□書展　□郵購　□贈閱　□其他

您從何得知本書的消息？

□網路書店　□實體書店　□網路搜尋　□電子報　□書訊　□雜誌
□傳播媒體　□親友推薦　□網站推薦　□部落格　□其他__________

您對本書的評價：（請填代號　1.非常滿意　2.滿意　3.尚可　4.再改進）

封面設計____　版面編排____　內容____　文／譯筆____　價格____

讀完書後您覺得：

□很有收穫　□有收穫　□收穫不多　□沒收穫

對我們的建議：______________________

____

____

____

請貼
郵票

11466
台北市內湖區瑞光路 76 巷 65 號 1 樓

秀威資訊科技股份有限公司 收

BOD 數位出版事業部

....

（請沿線對折寄回，謝謝！）

姓　　名：＿＿＿＿＿＿＿＿＿＿　年齡：＿＿＿＿　性別：□女　□男

郵遞區號：□□□□□

地　　址：＿＿＿＿＿＿＿＿＿＿＿＿＿＿＿＿＿＿＿＿＿＿＿＿＿＿

聯絡電話：(日)＿＿＿＿＿＿＿＿＿＿＿＿(夜)＿＿＿＿＿＿＿＿＿＿＿＿

E-mail：＿＿＿＿＿＿＿＿＿＿＿＿＿＿＿＿＿＿＿＿＿＿＿＿＿＿